+HOSPITAL

醫控天下

之3 頂尖聖手

趙奪 著

目錄
CONTENTS

第一劑

妖刀

勁爆的音樂響徹整個手術室，趙依依同那群在觀摩台上發愣的醫生一樣，還沒反應過來到底發生了什麼事，趙燁已經完成了一半，然後又過來將另一半也切開，上止血夾……

「怎麼這麼快？切口整齊，趙依依有這樣的實力麼？」一位醫生驚歎道。

「不知道啊，原來以為她只是個花瓶。」另一位醫生說。

急救科的醫生們也呆住了，趙依依的實力他們也不清楚，同所有人一樣，雖然不願意相信，但這就是事實。

如此整齊的切口，快速的刀法，精湛的技藝讓他們共同想到一個詞。

妖刀！

隔壁的十五號手術室裏，李中華正不疾不徐地在病人頭上畫線。剛剛做好頭顱定位，消毒鋪巾等還沒開始。

急救科的醫生們也聽說他們的趙主任與李中華鬥法，紛紛跑來觀看，當他們走進觀摩台的時候，明顯感覺到不友好的氣氛。

然而急救科的眼鏡男江偉卻沒注意到這些不友好的眼光，作爲趙依依最堅定的支持者，他驚叫道：「手術沒開始就領先了十分鐘！」

「十分鐘不算什麼，你沒見過李中華教授的刀，快得很。」一位腫瘤科的老醫生說。

「就是，整個手術要三個小時，十分鐘而已。李主任別說十分鐘，即使晚半個小時也能追回來。」

在手術中，最重要的人是主刀醫生，然後是麻醉師、助手、器械護士等等。手術的成敗與品質完全在主刀醫生一念之間。

當然也不能說其他人員不重要，手術需要團隊合作，只有這樣，才能最快、最好地完成手術。

患者的頭顱用信號筆做了一個U形定位，附近早已經用碘伏做了消毒，並且貼上了無菌貼膜。

趙依依深深吸了一口氣，準備在患者的頭顱切口，然而手術刀剛要碰到頭皮，突然被趙燁叫停。

「等等，我剛剛還做了其他準備。」

「什麼東西？快點！」趙依依滿是期待地說。驗證了趙燁的定位後，她有種感覺，趙燁會給她很多驚喜。

「護士，Music。」趙燁對護士說，然後拿起手術刀：「聽著音樂，跟著節奏走，會增加工作效率。」

麥克．傑克遜的歌聲在手術室內響起，趙依依差點崩潰，滿心期盼的驚喜瞬間變成了失望。

手術中聽音樂的有很多，可在這種觀摩手術中聽音樂的卻沒有一個。

音樂聲中，趙燁開始調整無影燈，將燈光聚焦在患者的頭部定好位置。趙燁被口罩與帽子包裹的頭部只露出眼睛，一雙堅毅的眼睛。

「我們一起來切，我切左面你切右面。」

趙燁不等趙依依同意，手中的手術刀已經劃破了皮膚。

無影燈下的趙燁彷彿變了一個人，手術刀在手中像活了一般。

這是深度、速度、精確度無可挑剔的一刀，人的頭皮上有豐富的血管，而這一刀快到血都沒來得及流出來。

趙燁在患者頭顱上畫的標記為U字形，這一刀直接切開了一半，渾然天成的切口，沒有絲毫瑕疵。

如果僅以這一刀而論，趙燁完全可以比肩國內的頂尖醫生，這是極為精彩的一刀。

將柳葉形的手術刀扔到一邊，趙燁提醒驚呆的器械護士道：「雙極，一焦。」

切開頭皮不可能不出血，雙極是必需的東西，它是用來將出血的毛細血管燒焦，防止出血的。

「夾子，速度。」趙燁催促護士道。

因為頭皮上的血管太豐富了，手術中通常會用塑膠夾子暫時夾住。趙燁的速度太快，護士準備夾子的速度都跟不上。

手術室的團隊合作很重要，如果有一個速度快的護士，在手術中就可以節省很多時間。

手術觀摩台上，那些看熱鬧的醫生還沒弄清楚怎麼回事，十四號手術室，也就是趙依依他們這台手術，患者的頭皮已經切開了，連止血夾都上好了。

因為距離遠，並不是所有細節都能看清楚，所以觀摩台上還準備了大螢幕。

但李中華的支持者比較多，他們直播了李中華的手術，畢竟長天大學附屬醫院二十年第一刀的手術不容錯過。

待他們切換螢幕觀看趙依依的手術時，只看到趙燁將最後一個止血夾上好。準備下一步，將頭皮與頭骨分離。

勁爆的音樂響徹整個手術室，趙依依同那群在觀摩台上發愣的醫生一樣，還沒反應過來到底發生了什麼事，趙燁已經完成了一半，然後又過來將另一半也切開，上止血夾……

「怎麼這麼快？切口整齊，趙依依有這樣的實力麼？」一位醫生驚歎道。

「不知道啊，原來以為她只是個花瓶。」另一位醫生說。

急救科的醫生們也呆住了，趙依依的實力他們也不清楚，同所有人一樣，雖然不願意相信，但這就是事實。

如此整齊的切口，快速的刀法，精湛的技藝讓他們共同想到一個詞。

妖刀！

十點整。

手術進行了半個小時，十四號手術室在勁爆的音樂聲中掀開了頭皮，嚇人的白色顱骨暴露出來，趙燁的神奇，在切開頭皮以後彷彿消失了一般，安安心心地當起助手來。用吸引器吸血、傳遞手術器械等等，所有打雜的活一併包攬了。手術室內的麻醉師等人有種錯覺，彷彿剛剛那妖異的一刀並不是來自於趙燁。

切開頭皮以後，需要進行繁複的止血過程，電雙極，紗布，雙氧水沖洗等工序繁複無比。

觀摩手術的醫生們無聊得快要睡著了，剛剛他們將大螢幕切換到趙依依的手術台上，想要看看他們為什麼這麼快。

可他們切換得太晚了，趙燁已經完成了一切，現在螢幕上播放的趙依依的手術雖然技術扎實，可並沒有什麼出彩的地方。

不錯的技術，可比不上李中華的精彩，於是大家又將注意力轉到另一個手術室，十五號手術室李中華的手術上。

李中華與助手錢程，一個是長天大學附屬醫院二十年來最強的外科醫生，他最擅長的是神經系統、肺部、肝臟的腫瘤切除。

第一助手錢程是長天大學附屬醫院最有前途的年輕醫生之一，整個長天大學附屬醫院只有趙依依在他那個年紀取得了副主任醫師的職務。

其實醫院裏所有的人都覺得，錢程要比趙依依厲害很多，畢竟他是靠醫術，而趙依依在很大程度上運用了女人獨有的天賦，大家更看好錢程的未來，而不是趙依依。

在大家眼中，長天大學附屬醫院曾經的最強醫生與未來最強的醫生合作一台手術，這是前所未有的盛況。

可讓人大跌眼鏡的是，他們倆此刻剛剛切開患者的頭皮，連止血夾都還沒完全上好。

他們緩慢的動作通過手術室的電視系統，全院直播。很多要值班而不能來觀摩手術的醫生，在辦公室內也能看到手術的情況。甚至現任院長龍瑞也在辦公室裏一邊喝茶一邊觀看。觀看他的兩個繼任者之間的爭奪。龍瑞很喜歡坐山觀虎鬥，他品著上好的龍井，靜靜地看著電視螢幕。

「速度竟然這麼慢?老李你真是老了，只是這趙依依也太快了點。」龍瑞放下手中的茶杯，他突然發現趙依依身邊的助手很熟悉，那不是實習生趙燁麼?

他怎麼也想不到一個實習醫生竟然跑去當第一助手，而且還是對趙依依這麼重要的手術。

如果李中華贏了手術，那麼無異於向全院宣佈，他李中華依舊是長天大學附屬醫院第一刀。

他李中華，無論是在臨床上還是在科研上和行政能力上都是頂尖的，院長的位置非他莫屬。

如果趙依依贏了手術，那麼她可以證明，上一次手術不是偶然，她完全有實力挑戰李中華。

她理應贏得人們的尊重，她有資格爭奪院長的位置。

龍瑞很想去現場看一看，但他不能走，因爲有消息傳來，上頭下來視察本省衛生系統，本來不關長天大學附屬醫院的事，可不知道爲什麼，那位領導突然自行改變路線，說要到長天大學附屬醫院來視察。

「當個院長真是麻煩，你們爲什麼還要搶呢？」龍瑞喝了口茶，自言自語地繼續觀看大螢幕上趙依依的手術。

十四號手術室內的兩個人此刻正準備打開顱骨，顱骨是人體最堅硬的骨骼之一，開顱是件非常困難的事。

通常，開顱是用電鑽打洞，然後用線鋸將顱骨鋸開。這需要很大的力氣，所以神經外科很少有女醫生。

趙燁曾經跟變態大叔李傑討論過開顱的問題，世界上開顱第一人應該是中國人，華佗，趙燁很想知道華佗是怎麼打開顱骨的，那時候可沒有電鑽，更不可能有線鋸。可惜這是千古之謎，誰也不清楚。

在海市的野外趙燁做過一次開顱，那次還是用非手術的電鑽，其實趙燁並不喜歡開顱，因爲他覺得開顱實在太暴力了，用電鑽對著人腦袋嗡嗡嗡地鑽進去，在頭骨上留下幾個大洞。那被鑽過的顱骨，怎麼看怎麼像被九陰白骨爪抓過的。

「準備開顱，拿電鑽去。」趙依依看趙燁有些不情願，於是又補充道：「快點哦，電鑽啊，你可是男生，不能讓我來鑽吧。」

在趙燁心目中，手術是件神聖的事情，是個技術活，用電鑽在頭上打洞，怎麼看都是非常暴力的力氣活。

趙燁很想高喊：「我不是梅超風，這不是九陰白骨爪！」

嗒嗒嗒，嗒嗒嗒……

機械的力量是強大的，趙燁簡單地在患者腦袋上打了幾個洞。

雖然很暴力，但流血並不多。趙燁的技術不錯，用非手術電鑽都沒問題，更何況是用這種會自動停止的專用電鑽。被打通的顱骨下硬腦膜沒受到絲毫損傷。

顱骨打洞是爲了將線鋸從兩個洞穿過去，然後鋸開頭部，只有這樣才能鋸開一小塊顱骨。

或許是太血腥、太暴力了，沒什麼人在意其中的技術含量，沒有人注意到趙燁打的洞很少，時間也很快。當趙燁用沾滿血的手取下顱骨的時候，沒人注意到時間。

十點二十分。

血汩汩流出，一時間趙依依手忙腳亂，吸引器不停地抽吸著血液。作爲助手的趙燁卻對這種情況視若無睹，他用手指撫摸著硬腦膜。

「你在幹什麼啊，快點幫忙，沒看到血流這麼多麼？」趙依依著急道。

「沒關係，這不是最重要的。」趙燁對趙依依說完，伸手對護士說：「手術刀給我，要尖刀。」

趙依依還沒來得及問趙燁要做什麼，只見白光一閃，手術刀劃破硬腦膜，下面巨大的血塊出來了。

此舉非常大膽，顱骨是最堅硬的骨頭，它的作用是保護大腦避免受到外界傷害。顱內還有一層硬腦膜，是一個有些泛黃的白色膜，它是保護脆弱柔軟的大腦的最後屏障，在它之後就是脆弱的大腦，任何外力，任何東西都可以摧毀的大腦。

從來沒有人直接切開硬腦膜，打開硬膜必須用針將其挑起來，然後再剪開，這樣是爲了不傷害到硬腦膜下的大腦，如果用刀直接切開，很容易傷到大腦，後果不堪設想。

用刀挑硬腦膜，趙燁算是第一個。

這種難度就好比在豆腐上放個塑膠薄膜，塑膠膜相當於腦膜，豆腐則相當於大腦。用刀子切開塑膠膜卻不能傷害豆腐，但現在沒有人誇讚趙燁的技術，反而指責他膽大妄爲。

硬腦膜的硬只是相對而言，它其實很脆弱，在切開硬腦膜之前，應該用線將其吊起來，縫在頭皮上，主要目的是確保硬腦膜能夠緊緊地貼在顱骨上。起到加壓止血的作用，同時也是防止切開後硬腦膜位置改變，從而牽拉大腦的位置改變。

但趙燁省略了這步，因爲他發現這病人的病情並不那麼簡單。患者是凌晨五點左右送進醫院的，頭部受了外傷，主要症狀是頭痛、嘔吐，那時他還清醒。

正是因爲他神志清配，所以開始並沒在意。當時的ＣＴ片子也只顯示顱內血腫，少量腦出血。

可僅僅過了幾個小時，患者的病情就發生了極大的變化，他顱內的血液比剛剛進醫院時不知多了幾倍。

「你怎麼亂搞，沒吊線怎麼就切開了？」趙依依氣急敗壞。手術是很嚴謹的事，傳承了近百年的手術步驟自然有它的道理，非特殊情況，必須按照步驟一步步來。現在趙燁竟然跳過了吊線這一步，直接切開了硬腦膜。

「沒關係，現在做也可以，只是速度慢點，現在我們起碼領先隔壁十五分鐘，不用擔心。」趙燁絲毫不在意。雖然這手術是一場比賽，是速度的比拚，可是治病救人更重要，趙燁無論何時都會先考慮病情，不能因爲手術而毀了病人。

趙燁估計錯了，他們領先隔壁超過二十分鐘，可包括趙依依在內，沒人覺得這二十分鐘是多麼大的優勢。

特別是在趙燁犯錯沒有吊線之後，觀摩台上支持李中華的醫生們開始幸災樂禍，紛紛指著趙燁責罵。

「真是笨蛋啊，趙依依竟然找了這麼個實習生當助手。」

「就是，笨蛋啊。」

急救科的醫生們感覺有些抬不起頭，他們十分鬱悶，甚至有些怨恨，怨恨趙依依怎麼帶了這麼個助手。

急救科任何一個醫生當助手，也不會犯這麼低級的錯誤！

牽掛十四號手術室這台手術的不僅是急救科的醫生，還有菁菁。

坐在角落裏的菁菁看不懂手術，聽到別人的評論，她以爲趙燁犯錯了，不禁有些爲他擔心。她知道叔叔林軒曾經當過軍醫，可她卻不敢問。

林軒不知道病人的具體情況，但知道趙燁是李傑的弟子，是稱爲現代醫聖的李傑所稱讚的天才，那麼他這麼做一定有他的道理。

的確，趙燁有自己的想法。他對趙依依的指責充耳不聞，他用手指輕輕撫摸著患者的大腦。

憑藉手指的感覺來感受大腦的壓力，看似簡單，然而，這世界上只有李傑這麼做過，趙燁是第二個。

「我要在病人腦袋的另一側再開一個洞。」

趙依依差點驚得將手中的縫合線扔出去，在腦袋的另一側再次開顱，開什麼玩笑？

十一點整。

十五號手術室的李中華順利打開了顱骨，準確地找到了顱內腫瘤，這是個位置相對淺表的腫瘤，取出來並不是很困難，但這手術卻比趙依依那個取血腫困難一些。

李中華跟趙依依在手術台上一決勝負，本身就是以大欺小，要讓人信服，他做的手術必須在難度上超過對方，並且要又快又好，所以他挑了這個手術，難度略微超過趙依依，又不是非常難。

手術中的李中華忙裏偷閒地瞥了一眼觀摩台，看到他的支持者面帶微笑，李中華放心了，他知道隔壁的情況不是很好。

十四號手術室確實有些混亂，但卻談不上糟糕。

趙燁堅持自己的想法，面對趙依依的質疑絲毫不退讓，「我知道這手術對你很重要。成爲院長是你的理想，但院長也是醫生，要成爲院長，首先要做好醫生。」

「這個病人是明顯的對衝傷，開始的時候因爲出血很少，所以神智清醒，即使是CT機也沒看不出他的真實情況。」

「現在患者病情進一步加重，顱內病是一個發展中的疾病，整個過程非常危險，如果現在不進行手術，會形成腦疝，到時候，這傢伙就醒不過來了。」

所謂的對衝傷，是經常發生在頭顱外傷中的情況，例如額頭碰撞到堅硬的物體，受傷的不僅僅是額頭，還有額頭的對側就是枕部。

因為大腦在外力下是可以流動的，打個比方，西瓜掉在地上，破裂的通常是上面，而不是與地面接觸的地方。

腦疝最容易理解的解釋就是，大腦內腦組織錯位了，因為大腦很軟。壓力不均衡的時候很容易錯位，這樣的情況更加危險，是致命的。

趙依依知道如果趙燁說的是真的，那麼這病人將非常危險，可如果趙燁判斷錯了，那麼趙依依不僅會丟掉院長的位置，手術失敗的連鎖反應也會很大，她很可能會在別有用心的人的擺佈下丟掉工作。

「你確定麼？不如去拍個CT看一看吧，保險一點比較好，如果錯了，麻煩就大了。」

如果說長天大學附屬醫院誰對趙燁的醫術最瞭解，那絕對非趙依依莫屬。她不是第一次跟趙燁做手術了。

雖然在手術中，趙燁沒有百分百發揮出來，可趙依依不是笨蛋，趙燁的技術如何，她很清楚。

特別是趙燁眼光獨到，那眼睛彷彿透視眼、X光線，看什麼病根本不用儀器，從來不會錯。

對此，趙依依不知不覺對趙燁形成一種依賴，連她自己都沒感覺到的依賴。

「放心，絕對不會錯，你看患者顱內血腫已經取出，但顱內壓力依然很大，明顯對側有血腫。至於去拍片子，難道你想輸給李中華？拍片子最少要半個小時，現在我們只領先十五分鐘。放心，剛剛我不看片子就能準確定位，現在我不看片子依然可以準確定位。」

手術室裏的器械護士跟麻醉師已經看不懂這台手術了，他們搞不清到底誰是主刀醫生，誰是助手。

此時此刻，手術的掌控者已經變成了趙燁，從趙燁提出對衝傷開始，這就已經成了他的手術台，是他展示技術的舞台。

開顱手術罕有兩側同時打開的，當趙燁準備在另一側開刀時，全院觀看手術的醫生譁然一片。

「這患者是對衝傷？他怎麼看出來的。」

「又是不用ＣＴ就能確定手術切口，他是透視眼？」

看台上都是經驗豐富的醫生，他們懂得腦外傷的發展過程，可他們看不懂不用儀器如何能判斷出來。

套。

趙燁用信號筆在病人頭上再次畫下大大的U字，作爲切標記。然後又換了一副嶄新的手套。

「你來切開吧，我將這邊的傷口縫合。」趙燁說。

「你切口的速度比較快，怎麼叫我去切？」

「我縫合的速度更快。」趙燁不容置疑，兩人背靠背互換位置。

血腫取出來後，還要將硬腦膜縫合，這種縫合不是那麼簡單，硬腦膜不是皮膚沒什麼彈性。

而且大腦內部壓力增高，拚命向外擠壓，不能直接縫合。如同一個氣球，球破了要縫合必須放了氣才能縫合，而不能在充滿氣體的時候縫合。人的大腦不可能拿出來，所以只能用人工硬腦膜打個補丁。

「拿個人工硬腦膜。」趙燁對護士說。當護士走到門口時，趙燁突然想起了什麼，又把護士叫了回來：「不用去了。」

「怎麼回事，不用人工硬腦膜你怎麼弄？」趙依依問道。

「在頭皮上取個筋膜，充當人工硬腦膜縫合。這患者失業中，沒什麼錢。」

趙依依沒說什麼，她沒想到這個時候，趙燁還在爲患者省錢。

人工硬腦膜的確很貴，五千塊錢一個，這患者起碼要用兩個。一萬塊錢不多，但失業者的家庭卻承受不起。

趙燁取頭皮的筋膜代替，會浪費很多時間，但她已經不在乎了，從打開頭顱的另一側開始，她就知道這次手術比試，她輸了，在頭顱對側取血腫，相當於兩台手術，時間也會延長一倍。

不能做一個英明的院長，最少也要成為好醫生。

手術比賽在醫生們的眼中漸漸變得無聊，因為已經失去了勝負懸念，觀摩台上除了實習醫生，沒有人願意繼續觀看了。

李中華的支持者們已經開始打電話預訂酒店，準備慶功宴了。

躁動的觀摩台並不能影響到手術室。

趙燁此刻專注於手術中，頭皮很厚，取下一片筋膜不會造成多大影響，起碼比起一萬塊錢的人工硬腦膜費，算不上什麼。

趙燁的手很快，手中的柳葉刀更快。趙依依剛剛切開頭皮，上好止血夾，趙燁已經將筋膜取下，準備縫合了。

對於趙燁的速度她有些驚訝，快速剝離比切開頭皮更困難。她頭腦中閃過一個詞語。

奇蹟！

趙依依能有資格競爭院長本身就是個奇蹟，實習醫生能有這樣的技術也是個奇蹟，那麼爲什麼不再相信一次奇蹟呢？

似乎在宣讀勝利的宣言，負責電視線路的工作人員將全部頻道都切換到李中華的手術上。

硬膜內取血腫手術，對這些看慣了高難度手術的傢伙來說也沒什麼好看的，而被譽爲長天大學附屬醫院二十年來最強外科醫生的李中華與未來最強醫生錢程的手術要精彩得多。很多人都這麼認爲，包括現任院長龍瑞，當他看到趙依依選擇病人的生命而不是比賽本身時，就已經明白了一切。

即使是院長，她的本質依然是個醫生啊！

十一點二十分。

真正爲了學習技術而觀看手術的人已經沒有多少了，觀摩台上的人少了一半以上，急救科的幾個傢伙也正準備回去。

唯獨趙依依的大力支持者江偉有些不情願。

「手術還沒完呢，怎麼能回去呢？」

「都輸了還看什麼，李中華明顯比趙主任速度快。」曹敏副主任幸災樂禍地道。

無論趙依依是輸是贏，她都是受益者。

輸了趙依依保不住主任的位置，贏了趙依依是院長，也不稀罕主任的位置。而她就是下一屆主任的候選人。

「輸了又怎麼樣，咱們趙依依主任又不是職業神經外科醫生，怎麼比得了他們兩個，更何況咱們主任的助手是實習生。下次還有機會，慢慢來麼。」江偉推了推他那要掉下來的眼鏡說。

「我一直以爲你只是笨，沒想到你是傻子啊。咱們主任憑什麼競爭院長，無論資歷，還是人脈，都不如人家。憑藉的還不是那次在腫瘤科搶到的那個手術，再加上她前一陣子贏的那個獎。」

「趙主任唯一的優勢就是外科手術做得比李中華好，如果這次輸了，她連唯一的優勢都沒有了，拿什麼競爭？你光嘴硬有什麼，你能把咱們主任說成院長麼？」

江偉不傻，他只是不願意接受這個事實，同時他也討厭曹敏說話的語氣，於是頑固地堅持自己的意見。

「沒到最後一刻，勝負還未知曉，趙主任會勝利的。」

急救科其他醫生紛紛搖頭，覺得這孩子腦殘了，沒救了，搖著頭紛紛離開了。

菁菁與她叔叔林軒就坐在急救科眾人的不遠處，他們的對話兩人聽得清清楚楚，林軒一動不動地繼續觀看手術。

此時，趙燁他們的手術根本沒直播，只能透過隔音玻璃遠距離觀看，根本看不清具體的手術動作。

目前還留下來看手術、觀摩學習的醫生都選擇觀看李中華的手術。唯獨林軒目不轉睛地看著趙燁他們。

針線穿行於血肉之間，雙手如魔術一般變幻，縫合打結。趙燁的雙手猶如一台機器，針線精準快速地穿行於血肉之間，縫合線將頭皮準確地縫合。

遠觀的人群無法準確看到趙燁的精彩表現，他不僅速度飛快，而且縫合品質堪稱完美，每針的距離幾乎都是相等的，趙燁那雙手，堪稱手術台上的縫紉機。

專注於手術的趙燁並沒想那麼多，所謂的比賽，所謂的院長頭銜。

患者顱內壓過高，形成腦疝，不及時搶救絕對會死亡。此刻他快速地全力手術絕大部分是爲了救命，而不是爲了比拚速度。

趙依依正準備取側顱骨，發現趙燁已經準備縫合頭皮了，她驚訝於趙燁的速度。她想起上一次跟趙燁合作手術，趙燁曾經開玩笑般將他的縫合方法命名爲縫紉機。

她從來沒見過有人可以這麼快速地縫合，趙依依讀博士的時候曾經在國內最好的醫院學習過，她見過很多超級外科醫生，如果只論速度，趙燁就是一個奇蹟。

他不輸於任何頂尖的外科醫生。

此刻趙依依突然想到，趙燁只不過是一個實習醫生。爲什麼擁有如此精湛的技藝？甚至在一些很基礎的操作上比起頂尖的外科醫生毫不遜色。

實習生擁有這樣的技術，簡直是奇蹟般的實習生，那麼這個奇蹟會不會帶給自己一個奇蹟呢？

第二劑

醫界突擊檢查

林軒來得很突然，按照原計劃，他不應該現在來長天大學附屬醫院所在的城市，可到了海市之後，他卻突然改變了注意，跟著菁菁一起來到她的學校。有任務在身的他當然不能耽誤公事，所以他改變了行程，首先視察這個城市。在一定程度上也算是突擊檢查。

這一突擊不要緊，院長龍瑞可是驚出了一身冷汗，再碰上醫院兩位當家主任鬥法，讓他心驚肉跳。

十一點三十分

李中華親自縫合了病人的頭部，助手錢程將線頭剪斷。標準時間爲三個小時的手術，他只用了兩個小時多一點就完成了。

他很滿意這樣的表現。即使已經很久沒上手術台了，他的技術也沒有退化，甚至這次手術還超水準發揮。

根據他的推算，兩個小時隔壁的手術是不可能完成的，他們最少落後自己十五分鐘。而且李中華的手術難度比他們大一點，即使是相同的時間完成，也應該是李中華贏。

無影燈熄滅了，醫生們從厚重的手術衣中解脫出來。

李中華摘掉手套、帽子、口罩，深深地吸了一口氣，整個人都放鬆下來。

上一次找記者沒能弄死趙依依，那麼這次手術呢？

趙依依算不上強大的對手，卻絕對是個難纏的對手。這次手術很多人都覺得沒有必要，甚至有人覺得李中華這種自降身分，與趙依依拚手術的行爲有點幼稚。

可李中華自己清楚，他必須用實力徹底壓倒趙依依，續寫他長天大學附屬醫院近二十年第一刀的傳奇，對於手術，李中華有絕對的信心。

站在手術室裏的他，甚至可以想像到門外歡呼雀躍的人群，想像到人們爭相祝賀的場面。

然而當電動門打開的一剎那，他看到的是失望、迷茫、冷漠的面孔。瞬間他明白了，他輸了，雖然有些不敢相信，但事實就是事實。

「她比我快多久？」李中華很冷靜，雖然有些不敢相信，可那就是事實，他突然覺得自己是不是真的老了，竟然輸給了趙依依這個女流之輩。

「三分鐘！」

「只有三分鐘麼？雖然我的手術難度比她大，但我還是輸了。」李中華歎氣道。此刻的他頗有幾分英雄遲暮的感覺。

與李中華的冷靜相比，第一助手錢程卻瘋狂地叫嚷著。

「不可能！怎麼可能，趙依依的能力我最清楚，她沒可能這麼快的，我很瞭解她，我跟她做了不下五十台手術。」

很多人都鄙視錢程的爲人，他曾經是醫院第一號趙依依的追隨者，卻又非常無恥地背叛了趙依依跟了李中華。

「算了，趙依依經此手術，已經可以跟我平起平坐了，我再也壓不住她了。」李中華顯得很落寞，正是如此，才沒有人告訴他真實的情況。

現在的趙依依不僅能跟他平起平坐，而是已經完全壓過了他，因爲趙依依的手術更難，而且時間更短。

其實沒人想到趙依依能先完成手術，就連她自己都不清楚，連觀摩台上都沒有人看清她到底是怎麼完成的。

很多人跑去問在場的麻醉師、護士等人。他們也都含糊其辭，說不清楚，不過他們說的內容大致相同。

「速度太快了，最後我太累了，沒怎麼注意他就弄完了，這是一台充滿奇蹟的手術。」

因爲那時的視訊直播被李中華狂熱的支持者給掐斷了，甚至連錄影都沒保留下來。人們看到的都是李中華十五號手術室的顱內腫瘤取出術，而非趙依依十四號手術室的雙側取血腫手術。

人們開始猜測，那台手術到底是怎麼完成的，於是出現了各種各樣的說法，將趙依依說得神乎其神。

更神奇的是那個病人，在嚴重腦疝的情況下，竟然在手術後一個小時就恢復了意識，因此眾人對趙依依神乎其技的手術評價更高。

這種情況趙依依也沒料到，整個手術的跌宕起伏她更沒想到。她從來沒想過她會在手術上取得決定性的勝利。

在這之前，她更沒想過要與李中華比拚速度和熟練度，甚至連這個手術都是臨時決定的，後來，當她決定取另一側血腫的時候，趙依依已經對勝利不再有奢望。

直到走出手術室，趙依依才知道，他們竟然先完成了手術。她不敢相信地拉著趙燁的手說：「我們真的是第一個啊，真的是第一個啊。」

「當然是第一個了，你別忘了，我們在頭顱上打開的第二個洞，只將血腫拿了出來，沒做其他處理，甚至都沒將硬腦膜縫合。」

「多虧了你夠聰明，想到這個辦法，我們可以在他病情穩定了以後再開刀。」

趙燁的辦法很簡單，就是簡化手術步驟。循規蹈矩的話，他們要將硬腦膜縫合，而趙燁則跳過了這一步，他只將硬腦膜簡單固定，而且在其他步驟上也進行了簡化。

當然這不代表對病人不負責，首先這個病人大腦內部壓力太高，不縫合也是給他減壓。

而且顱骨的手術不同於其他手術，顱骨被取下來以後就再也安裝不回去了。

因此他們日後還要進行顱骨修補手術，用人造材料將顱骨修補上，那時趙燁可以將上次未完成的步驟完成。

很簡單的道理，但在慌亂中想起來卻不那麼容易，實行起來更不容易，簡化步驟看似簡單，卻需要高超的手法。

就像做一道好菜，差勁的廚子即使將一道菜用一百零八道工序加工，也不見得有什麼好味道，而大廚或許幾下就可以完成，其中奧妙不是外人能理解的。

趙依依此刻終於知道趙燁是個寶貝，雖然不知道他為什麼會這麼厲害，但這不重要，重要的是他現在支持自己，趙依依毫不掩飾自己的籠絡之心。

「趙燁，今天又是你幫了我的忙，說吧，你想要什麼？」

「我還能要你什麼啊，上次手術時你就說了，我贏了什麼都給我，你還沒兌現承諾呢。」趙燁開玩笑道。

趙依依上次的承諾是：你贏了我什麼都給你。很明顯的暗示，很曖昧的暗示，很讓人心動的暗示。

「上次當然也算數，你要，現在兌現也可以。」趙依依做出一副任君採擷的樣子。

美女的誘惑是巨大的，更何況美女赤裸裸的勾引，沒有哪個男人會不動心，趙燁那天夜裏送她回家如果不是冷水澡滅火，恐怕早就不行了，今天再次被勾引，他很想答應。

可他說不出口，只能憋屈地在心裏罵，真是猥瑣了半輩子，讓女流氓給調戲了。

在女流氓放蕩的笑聲中，趙燁落荒而逃。跑到半路，他想起手術觀摩台上的菁菁，以及她奇怪的叔叔，於是又跑過去看他們兩人。

手術結束以後，菁菁陪著她叔叔林軒正向外走，出門的時候卻被人撞了一下，抬頭一看，正是趙燁急匆匆地撞了他們。

「對不起，對不起。哎，我正要去找你們，害怕你們走了才跑這麼著急，沒想到撞到你了。」趙燁驚訝道。

「醫生可不能這麼冒失啊，手術可是很嚴肅的事。」林軒似乎話中有話，趙燁聽得出來，他明面上是說自己撞了他，其實是在說趙燁在手術中過於大膽、激進。

「放心，我不做沒把握的事，病人將生命託付給我，自然不會兒戲。」

林軒點了點頭，轉而對菁菁說：「我去辦點事，半個小時後回來，你跟趙燁玩一會兒去吧。」說完就走了。

菁菁非常喜歡跟趙燁在一起，但卻不是現在。她覺得叔叔林軒有些奇怪，似乎能夠看透一切。

其實她這個年齡有男朋友很正常，但她還是不喜歡讓家人發現。

望著突然離去的林軒，趙燁苦笑著對菁菁說：「菁菁，真沒想到我們這麼快又見面

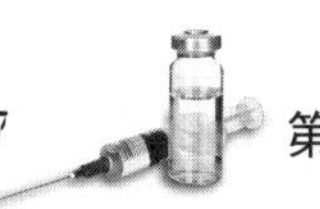

了。」

「我也是今天剛回來，跟著我叔叔一起回來的。」

「這裏不是說話的地方，我們先出去吧。」

菁菁點了點頭，她原本還要在海市待幾天的，可因爲各種原因，她提前回來了。這幾天她考慮了很多，有很多話要跟趙燁說。

兩人在一起還很不自然，菁菁的臉色微微泛出桃紅，而一向能說會道的趙燁也成了木頭人。

這時趙依依也從手術室走了出來，她不由自主地多看了菁菁幾眼，漂亮女人最大的敵人，就是其他的漂亮女人。

她們總會將其他漂亮女人跟自己對比，趙依依突然發現菁菁比自己更漂亮，更比自己年輕。

看到菁菁紅著臉對著趙燁，趙依依一下子明白了，趙燁這小子在手術台上得意，在情場上更得意。

仔細看看菁菁這女孩子的確很優秀，她爲趙燁高興的同時，心裏也酸酸的。

「趙燁，你可以下班了，帶著女朋友出去轉轉吧。對了，姐姐上次跟你借的錢，現在還給你。」趙依依說著從包裏拿出一疊錢，數都沒數就塞給趙燁，然後還小聲說：「原來你小子有目標了，也不告訴我。這女孩不錯，好好珍惜。」

她不知道趙燁此刻比她有錢得多，並不需要這些錢。她只是覺得虧欠趙燁，趙依依最近的成功，很大一部分原因是因爲趙燁的幫忙。

人們都知道趙依依厲害，卻沒有一個人在乎趙燁這個被她稱爲弟弟的年輕人。趙依依總覺得欠了他點什麼，卻不知道趙燁根本不在乎這些。

長天大學附屬醫院的院長龍瑞畢業於美國貝勒醫學院，是美國排名前十的醫學名校，他很高傲，同很多海歸學人一樣，他們回國都帶著一腔熱血，渴望實現人生價值。

小小的地方醫院院長並不能讓他滿足，雖然院長的職務讓其他人打破了頭，讓李中華這個爲醫院服務了二十多年的老傢伙耿耿於懷。

龍瑞從美國畢業十五年，當了十年醫生，做了五年院長，功績卓著，如今還算年輕的他即將高升，長天大學附屬醫院對他來說不過是事業的一個小站點而已，沒有什麼特殊意義。

他從來沒想過，在馬上要離開的時候會發生這麼多事情。

原本李中華接任下一任院長是順理成章的事，如果不是他龍瑞五年前橫空出世，李中華早就是院長了。

五年前，李中華遇到了龍瑞，失去了院長的職務；五年後，他又遇到了趙依依的挑戰。

當龍瑞看到趙依依竟然先做完了手術後，他只是笑了笑。同時感歎李中華真是運氣不佳，似乎他命中註定沒有機會成爲院長。如果沒有趙依依，這次他當院長是沒有任何懸念的，就連龍瑞都會支持他。

可是在某些方面，李中華的表現不足以成爲一名院長，例如在記者事件上，雖然別人不清楚，可作爲院長的他卻很清楚。

李中華雇傭記者，是爲了打擊趙依依，可在一定程度上也損害了醫院的名譽。正是因爲那件事，龍瑞開始考慮趙依依。

接著，這次手術的失敗，李中華顏面盡失，勝利的天平轉向趙依依，他與趙依依的勝負已然明朗，好戲即將開始！

手術結束時已近中午，院長龍瑞在饑餓中終於等到了傳說的前來視察的領導，一個跟自己差不多年紀的領導。

「龍院長你好。」

「歡迎林副省長大駕光臨……」兩人緊緊地握手，彷彿老朋友一樣。

來訪的領導赫然是一張趙燁熟悉的面孔，菁菁的叔叔林軒，除了院長龍瑞外，沒有人知道林軒的身分。

林軒來得很突然，按照原計劃，他不應該現在來長天大學附屬醫院所在的城市，可到了海市之後，他卻突然改變了注意，跟著菁菁一起來到她的學校。

有任務在身的他當然不能耽誤公事，所以他改變了行程，首先視察這個城市。在一定程度上也算是突擊檢查。

這一突擊不要緊，院長龍瑞可是驚出了一身冷汗，再碰上醫院兩位當家主任鬥法，讓他心驚肉跳。

可林軒卻絲毫不在意，客氣地說道：「龍院長太客氣了，再過不久我們就是同事了。」

龍瑞即將從院長位置上離職高升一步，聽了林軒的話他很高興。不過即使他高升一級，林軒也是他的上司。

「到時候還請林副省長多多照顧啊。」

「你我成為同事之後，相互照顧是自然的，不過在這之前，你要先照顧我，我想瞭解一下剛剛做手術的那位實習醫生趙燁的情況。」

當林軒說到實習醫生的時候，龍瑞眼角抽搐了一下。

根據國家最新規定，實習醫生要在醫院動手術必須徵得病人的同意，可實際上這條規定並沒有多少人遵守，當然不是對患者生命的褻瀆，如同其他行業的很多規定一樣，如果公之於眾，那麼整個體系都會崩潰。

當然醫生也不是傻瓜，他們不會為了讓實習醫生學習而承擔風險，因此很多實習醫生力所能及的事情他們都會交給實習醫生，首先是實習醫生可以幫忙讓他們的工作輕鬆許多。其次是實習醫生必須得到應有的鍛煉，才能夠成為一名好醫生

如果以實習醫生的身分來看，趙燁在手術室當第一助手已經越界了，可實際上他的能力當主刀醫生也綽綽有餘。

「這個我想林副省長你有些誤會，我可以向你解釋他進入手術室的原因。他雖然是實習醫生，但是卻有著比普通主治醫生還好的技術。」龍瑞很擔心，剛剛的手術別人沒看清，可他卻看得明明白白，趙燁的技術之強早已超越實習醫生的能力。

「我沒有要追究的意思，我只是想知道，我侄女的男朋友除了醫術高超外，還有些什麼。」

「侄女?男朋友?」龍瑞有些糊塗，他現在才發現這個趙燁的秘密實在太多了。

海市之行沒幾天就上了報紙，雖然只是地方報紙，可龍瑞還是注意到了。前兩天又有人

來為趙燁求情或者說是命令，要求解除對他的限制。

正因為如此，龍瑞才無比關注趙燁的一舉一動，才能在沒有大螢幕轉播的情況下，發現他在手術台上表現的非凡技術。

一隻蝴蝶在南美輕拍翅膀，可以導致一個月後北美的一場龍捲風。那麼一個實習醫生的橫空出世，最後能導致什麼呢？

戀愛中的女孩猶如盛開的花兒，她們是無比美麗的，也是無比脆弱容易受傷的。她們嚮往著陽光，憧憬美好的未來。菁菁此刻猶如一朵嬌媚的花兒，趙燁身邊的她愈發嬌豔美麗。

長天大學附屬醫院的風起雲湧，此刻與趙燁沒有絲毫關係。此刻醫院的明星是急救科的主任趙依依，作為幕後英雄的趙燁，並不在乎那些名利。

此刻與菁菁肩並肩的走在一起趙燁很滿足，並不將名利歸在趙依依頭上。想要出名，想要得到重視很容易，趙燁並不著急。

實際上這台手術並不是沒有人注意趙燁，起碼院長龍瑞知道了趙燁的實力，還有很多人也都注意到了趙燁的不凡。

在趙燁與趙依依進行第一台手術的時候。人們就奇怪這個實習醫生，緊接著又有很多趙

燁的手術出現。

如果趙燁僅僅當過一次第一助手，那麼也許是個偶然，但是偶然出現的次數太多，那麼這其中一定有問題。

於是乎好事的人們開始調查關於趙燁的事情。首先他們從急救科其他的醫生口中瞭解到了一些資料。八卦的曹敏對這些人說：「嗯，據說他有很深的背景，趙主任對他言聽計從，另外似乎有人看到他半夜進入趙主任家，第二天早上才出來！」

喜歡八卦的人實在太多了，於是乎醫院裏開始瘋傳關於實習醫生趙燁的事情。

在趙燁與菁菁一起離開醫院的時候，更有人開始偷偷的注意趙燁。跟美女走在一起，趙燁享受著被人盯著看的感覺，他可不覺得這有什麼不妥，在醫院眾人羡慕的眼光下，兩人並肩走出醫院。

「看到了麼，那女孩真漂亮，看來那實習醫生有背景是真的耶。急救科那群傢伙沒說假話。」八卦的護士小聲地對同伴說道，在她眼中，漂亮的女人根本不會同普通的窮小子在一起。

「這女孩似乎是那個高官的女兒或者侄女啊！看來這實習醫生不僅僅是有背景，還是很深的背景啊！」

護士們八卦的討論不會傳到趙燁耳朵，他根本不知道自己在其他人眼中是什麼樣子，同時他也不在乎，更不會費力去塑造某種形象給別人看。

趙燁只想做自己。

做真實的自己！

「請我去吃冰淇淋吧！」菁菁突然說道。

「你不是要減肥麼？」

「你不是有針灸減肥法麼？」

趙燁點了點頭，沒再說什麼，帶著她找到一家從前想都不敢想的店，仔細想一下。趙依依給他塞錢是對的，與女朋友在一起，無論如何都是要花錢的。

幾乎每個女孩子都喜歡冰淇淋這種甜食，菁菁更是其中比較瘋狂的一類，她喜歡甜品，特別是冰淇淋，在這點上她就像個孩子。

吃冰淇淋的時候，菁菁完全忘記了趙燁的存在，枉費了趙燁找了家裝潢典雅，頗有幾分浪漫的地方來吃冰淇淋。

趙燁鬱悶地吃了幾口冰淇淋，然後說：「菁菁你怎麼這麼早就回來了，不是說在海市還有一些事情麼？」

「嗯，事情解決了。」菁菁依然在努力消滅冰淇淋。

一個「嗯」字能代表很多意思，於是趙燁又說：「其實我回來的時候很想給你打電話，可沒想到你竟然回來了。」

「你不會怪我沒給你打電話吧，我叔叔正好在海市，我就跟他一起回來了。」

「沒有啊，我只是想你怎麼突然就回來了，是不是想我了？」趙燁無賴地笑道。

「才沒有，我才不想你，想你還不如吃冰淇淋。」菁菁低著頭，裝作不在乎的樣子，可實際上，她聽到趙燁話的時候已經開始心如鹿撞。

「冰淇淋好吃麼，再來一份吧。」趙燁看到菁菁的冰淇淋剩得不多了。

「還是不吃了，雖然能減肥，可我也不能吃太多啊。」

浪漫而又甜蜜的愛情故事總是發生在美麗的夜晚，耳邊傳來舒緩的音樂，趙燁看著菁菁柔順的長髮，低垂著睫毛，一聲不吭地專心消滅剩下的冰淇淋。

「酸酸甜甜又好吃的，並不是只有冰淇淋哦，還有很多呢。」

街邊的路燈在十點準時熄滅一半，坐在菁菁對面的趙燁突然起身跑到菁菁身邊坐下。

耳邊原本舒緩的音樂陡然升高，菁菁還沒反應過來，就覺得嘴唇碰到了什麼東西，一陣酥麻，彷彿有千萬道電流傳遍全身。

睜大眼睛的她看清了那是趙燁的吻，她想推開趙燁，然而懸在空中的手卻垂了下來。她感覺到趙燁的舌尖抵上了她的唇，很奇怪的感覺，酸酸甜甜的。耳邊的音樂升到極致，直入雲霄。一曲奏罷，似乎又回到剛剛的平靜。菁菁與趙燁兩人若無其事地面對面坐著，似乎什麼都沒發生過。

菁菁頭腦一片空白，意識恍惚的她以為產生了幻覺。唇上依然留有淡淡的酥麻，才讓她確定那不是虛幻的。

漂亮如菁菁的女孩算得上是個異類，她宿舍的好友沐佳佳曾經嘲笑她，說她是本世紀最漂亮的處女，二十歲了卻連個吻都沒有，讓人懷疑她是同性戀。

如今她的初吻沒有了，稀裏糊塗地就讓眼前這個傢伙奪走了，感覺很甜蜜，可她期待的驚天動地的浪漫卻沒有到來。更重要的是，她覺得還沒有準備好。

昨天的手術改變了很多東西，鬱悶的李中華一下子老了好幾歲，得意的趙依依成了醫院最炙手可熱的人物，急救科也成了全院最有人氣的科室。

趙燁這個幕後英雄一如往日，早起做他的偶像派歌手，他的鄰居依舊要忍受他的折磨。

昨夜的吻讓趙燁回味無窮，更有意思的是菁菁，在趙燁那個吻後竟然如同受驚的小白兔，蹦蹦跳跳地跑掉了，趙燁甚至都來不及說出那句：「我們交往吧」的話。

「她好像真的沒準備好，又或者是我太著急了。」可當趙燁給菁菁打電話的時候，聽對方的語氣似乎什麼都沒發生過一樣。

兩個人約定第二天見面，趙燁這才放心，第二天早早起來去當他的實習醫生。

離開出租屋時，他特意翻看了久違的日曆，距離實習生涯結束的日子快到了。

第三劑

刀神易主

同急診室的萬眾矚目比起來，腫瘤科成了非常冷清的地方。李中華這位曾經在長天大學附屬醫院一人之下萬人之上的，二十年來的第一刀稱號易主，如今他也成了孤家寡人。

人們忘記了他已經快六十歲了，如果不是有教授的職稱，他應該退休了。這次，他最後一次升遷的機會也沒有了，很多人都覺得他挺可憐。

可世事就是如此殘酷，沒有人會因為你可憐而把機會讓給你。

長天大學附屬醫院的領導不知道換了多少屆，可沒有哪一次如同這次這樣讓醫生們躁動不安。

特別是急救科的醫生們，他們覺得趙依依當定了院長，彷彿他們的主任當了院長，急救科的醫生們都能沾光一樣。

人人都忘記了那天在手術觀摩上，他們提前離開失望之極的樣子，忘記了他們並沒有爲這位未來的院長出過力，忘記了院長跟他們不沾邊。所有人都在說趙依依的好處，一夜之間全都成了他們趙主任的鐵杆支持者。

趙燁再次回到醫院的時候，發現趙依依在等著他，那笑容充滿了戲謔的味道，趙燁知道她肯定是在想自己跟菁菁的事。

「我是清白的。」趙燁受不了她的眼神，趕忙解釋道。

「我什麼都沒問你，清白什麼，你這麼緊張真的很讓人懷疑哦。」趙依依笑著說，那笑容裏分明是我不信。

趙燁一時語塞，對這個女流氓姐姐，他是一點辦法都沒有，所謂解釋就是掩飾，越說越黑，索性趙燁什麼都不說了。

實習醫生有實習醫生的工作，趙燁並沒受到昨天手術的影響，兢兢業業地工作，勤勤懇懇地幹活。

可是在趙依依眼裏，趙燁自然不僅僅是個實習醫生，他現在不但是趙依依的福將，更是一個無所不能的幹將，爲趙依依保駕護航，任何風浪都能安然度過。

但其他醫生們卻都沒在意趙燁這個小實習生，雖然昨天他參加了手術，但是在他們看來趙燁並沒有什麼特別，手術中也沒出什麼力，他不過是一個助手而已。

甚至有很多醫生看不慣趙燁，第一助手是多麼好的位置，讓他這個實習生搶了。任何人去給趙依依當第一助手，都能贏得一份榮譽，還能跟未來的院長拉近關係。

嫉妒歸嫉妒，急救科裏人人都知道趙燁跟趙依依關係不一般，而且趙燁似乎很有後台，所以急救科裏的醫生也沒人對趙燁怎麼樣。

但聰明的人並不多，趙依依這台手術讓整個醫院的人都知道，長天大學附屬醫院的手術第一人的稱號已經易主。

李中華主任代表著長天大學附屬醫院前二十年的輝煌，而趙依依則會從今天開始創造另一個二十年的神話。

如今急救科的趙依依主任是長天大學附屬醫院最好的外科醫生，昨天的手術被傳得神乎其神，趙依依的名字一下成了長天大學附屬醫院第一神刀的代名詞。

現在的趙依依成了實習醫生眼中最理想的導師，急救科本來沒有實習生願意來，因爲這裏太累，難度高的手術又不多。

可弱者總是喜歡依附強者，天真的實習生喜歡崇拜偶像，趙依依的手術神話讓這群實習生崇拜。

他們天真的以爲跟著最強的老師，就能學到最好的醫術，所以他們紛紛跑過來，打算跟隨新一代的長天大學附屬醫院第一刀趙依依學習。

當他們來到急救科的時候，卻發現趙依依趙主任手下已經有了一個實習生，那是個身高一米八左右，不算強壯卻有點小帥，穿著滿是皺紋的白大褂，笑起來有些猥瑣的實習生。

趙燁讓滿懷希望的實習醫生嫉妒，憑什麼他可以跟著趙依依？新來的幾個實習生多半看不慣趙燁，其中對趙燁怨念最大的是個小個子，名字叫李恒榮的實習醫生。

李恒榮是本地人，出身名校的他原本應該在更好的醫院實習，可是他爲了能離家近一點，選擇了長天大學附屬醫院作爲實習醫院。

原本他很看不起這家醫院，憑藉他名校高材生的身分其實可以去更好的醫院，可是當他看過醫院裏幾位醫生的手術後，再也沒有了輕視。

特別是趙依依與李中華昨天的手術，那種超越了他想像的技術，讓他再也不敢看輕趙依依。但同時他卻看不起其他醫生，不願意跟其他醫生實習。

所以李恒榮選了趙依依做帶教老師，其他實習醫生也是一樣，長天大學附屬醫院裏實習醫生跟哪位老師有很高的自由度。

趙依依也沒辦法不接受他們，對於蜂擁而至的實習醫生，她只能全盤接受。以前急救科的實習生很少，她也沒帶過實習生，更不喜歡帶實習生，實習醫生有趙熚一個就夠了，也只有趙熚這樣的實習醫生能幫得上她的忙。

趙熚猜到了趙依依的想法，於是主動承擔起分配實習生的任務，指著幾位期盼跟著趙依依主任實習的同學說道：「你跟著江老師，這位同學你跟著王老師。」

包括李恒榮在內的實習生很驚訝，看趙熚的胸牌，他不過是個實習生，怎麼會有權利分配實習生，而且趙依依還一副很高興的樣子。

李恒榮很傻很天真地覺得趙熚不過是個實習醫生，是可以收買的，於是微笑著低聲對趙熚說：「兄弟，我想跟著趙主任，幫個忙，不會虧待你。我是同濟醫學院來的實習生，我想你們主任肯定喜歡要我這樣的好學校的實習醫生。」

「同濟醫學院的同學，我想主任會喜歡你的。」趙熚鄙夷地看了他一眼，他最討厭的就是自以爲是的人。

通常這樣的人都沒什麼實力，整天把學校掛在嘴邊。同濟的醫生在那次隆輝藥業的研討會上趙燁見過很多，他們多半都很低調，從來不把學校掛在嘴邊。低調的同時他們也很有實力，與李恒榮這樣的人恰恰相反。

李恒榮傻乎乎地笑著，他一直以自己的學校爲驕傲。心想趙燁還挺夠意思，竟然真的幫自己，他決心收趙燁當小弟，按照他的邏輯，一個重點大學的高材生，收個普通大學的小弟無可厚非。

「曹主任，這位同學慕名而來，非要跟著你，說喜歡您的嚴厲，佩服您的醫術。」

曹敏在急救科以嚴厲刻薄著稱，多少年來，沒有一個跟過她的實習生會在離開的時候說她是好人，此刻竟然有實習生找上門來，當真是怪事。

「我是要跟著趙主任啊。」李恒榮著急地辯解。

「哦，趙主任，我以爲你要跟著曹主任，不好意思。下一個，跟著李老師。」

李恒榮這時才明白，原來趙燁是在耍自己，他是故意的。李恒榮心中的憤怒難以平復，本來還想收他爲小弟，帶帶他，竟然玩陰的。他覺得自己這個名牌大學的畢業生，在這種小地方應該要風得風要雨得雨。

趙燁懶得理李恒榮這種傻瓜，上個好大學就不知道東南西北了。要知道名牌大學並不能代表什麼，普通大學強人有的是，即使沒上過學，一樣有能力很強的人物。

上了大學只能說明在高考中勝利，考上了什麼大學也只是高中的成績，到了大學還不都是一樣從零學起。找到好工作只能說明在大學中勝利，人無時無刻不面臨著競爭，曾經的勝利只能為競爭加分，而不能主導勝負。

實習生們對趙燁都恨得牙癢癢，沒有人知道，為什麼這個早來幾個月的實習生，可以越俎代庖地幫趙主任分配實習生，更不明白為什麼急救科的老師竟然真的聽他的。

多數實習生已經默認了這個事實，畢竟實習醫生都跟著科室主任也不現實，只有李恒榮等幾人依然憤憤不平，伺機報復。

李恒榮此刻也沒辦法，只能如小跟班一般，跟在曹敏後面努力思考如何報復趙燁。

將他踢出急救科？

李恒榮以為，將趙燁踢出急救科，趙主任就沒有實習生了，那麼，自己就可以去當她的實習生。

對！就將他踢出急救科，回去就跟父親說……

昨天的手術，將趙依依的名望推到了頂點，但她並沒因此而沾沾自喜。因為她知道戰鬥雖然已經基本勝利，可她不能不防李中華再出陰招。

李中華苦心經營二十餘年，絕對不是一下就能打死的，百足之蟲死而不僵，她要處處小心，伺機擴大戰果。

首先她要兢兢業業地工作，不能犯錯。另外還要保護好趙燁，這個爲自己創造奇蹟的小傢伙。

「實習生挺多麼，你們好好跟著老師學啊。」趙依依看到急救科終於有了實習生，顯得很高興，「趙燁你幹得不錯，都幫我把實習生分好了，跟我去查房。」

趙燁在眾實習生羨慕的目光中，跟在趙依依身後，他不用回頭就能感受到這群實習生惡毒得恨不得殺掉他的眼光。

李恒榮看到趙依依第一眼時，魂就被勾走了，趙依依就是他心中最完美的帶教老師。醫術高超，美麗大方，那甜美的笑容幾乎能融化一切。於是李恒榮忍不住了，他在趙依依走遠之前趕了過去。

「趙主任你好，我叫李恒榮，來自同濟醫科大學的實習醫生，曾經……」李恒榮機械地復述著他那又臭又長的簡歷。

「你有什麼事麼？」

「我想跟著趙主任學習，我特地趕回長天大學附屬醫院實習，就是爲了能學點東西，另外也是因爲家庭那原因，您知道，我父親就在我們這裏當部長。」

李恒榮覺得趙依依會很重視他父親的地位，重視他名牌大學的學歷，他想不出趙依依有什麼理由拒絕他。

「對不起，我只能帶一個實習生，而且我現在已經有一個實習生了。」趙依依不太喜歡他，特別不喜歡他自以爲是的樣子。

「趙主任，你不考慮考慮麼？」李恒榮不死心地道。

「好了，你不是要鍛煉鍛煉麼？」

「趙主任，謝謝你！」李恒榮以爲趙依依改變了主意，一想到以後可以跟著美女主任學習就興奮。

「實習期間需要肛門指檢的病人、灌腸的病人，全都交給你了。」趙依依說完，頭也不回地走了。

灌腸？肛門指檢？李恒榮愣了，然後感覺胃部開始翻滾。

「哥們兒服你了，不愧是高材生，竟然主動要求這樣的工作，我看導尿也交給你算了。」

「小趙說得對，導尿以後也交給你了，小李。」

李恒榮愁悶苦臉地回到曹敏身邊，他突然發現這位副主任醫生竟然面色不善。

他這才想起來，自己當著曹敏主任的面去跟趙主任說要換老師，這不明擺著不給曹敏副主任面子嗎？

如果趙依依要了他還好，現在以曹敏副主任的尖酸刻薄，李恒榮不會有好果子吃了。

同急診室的萬眾矚目比起來，腫瘤科成了非常冷清的地方。李中華這位曾經在長天大學附屬醫院一人之下萬人之上的，二十年來的第一刀稱號易主，如今他也成了孤家寡人。

此刻的他正躲在辦公室裏抽煙，辦公室中煙霧繚繞，煙灰缸裏滿是煙蒂。腫瘤科的醫生們一直到此刻才發覺，他們的李中華主任已經老了，曾經意氣風發、精力充沛的李中華主任，在腫瘤科醫生眼中是那麼能幹，幾乎所有人都忽視了他的年齡。

人們忘記了他已經快六十歲了，如果不是有教授的職稱，他應該退休了。這次，他最後一次升遷的機會也沒有了，很多人都覺得他挺可憐。

可世事就是如此殘酷，沒有人會因爲你可憐而把機會讓給你。趙依依更是如此。

如果勝利的是李中華，恐怕趙依依會更可憐，因爲李中華絕對不會留趙依依在長天大學附屬醫院。

冷清的腫瘤科主任辦公室，滿是李中華的蒼老、落寞、孤寂。在一片蒼涼的氣氛中，辦公室的門被輕輕推開。

另一位在手術中失敗的人，神經外科的年輕醫生錢程。同樣是失敗，李中華再也沒有機會了，可錢程卻不一樣。

「李老師，您知道麼，神經外科跟急救科和好了，他們又接收病人了。」

「嗯。」李中華並不理他，繼續吸煙。

「您難道不知道那些混蛋都背叛了您麼?您不能就這麼坐著啊，我們還沒有輸，就算這次我們輸了，也有翻身的機會，只要趙依依犯錯誤，犯下天大的錯誤。您知道，我可是一直支持著您!」錢程激動地說道。

李中華看了看這位想向自己表真心的年輕醫生，頗有些不屑。樹倒猢猻散，沒什麼大不了的。

他李中華倒了，並不求什麼人來表忠心，他也不稀罕這種忠心。此時，雖然錢程跑來對李中華表忠心，可李中華知道，他所謂的忠心都是假的。

錢程只不過是走投無路，他曾經是趙依依在醫院中眾多追求者之一，當然也是失敗者之一，可他從來沒放棄追求趙依依。

原本他跟趙依依說好了，昨天的手術他給趙依依做助手，可最後他卻背叛了趙依依，在那麼關鍵的時刻背叛了趙依依。

在錢程看來，李中華是必勝的。面對愛情與前程，他選擇了後者，當時看來似乎是很明智的選擇，現在看來卻是讓他非常後悔的選擇。

可再後悔到了此時都沒有用了。站錯了排的錢程很瞭解趙依依，雖然趙依依比起其他女人更聰明，更勤奮，更有事業心，在野心上更接近男人，可她有著女人特有的小心眼。

如果趙依依當上了院長，她或許不會爲難李中華，會讓他平靜地幹到退休。這並不是仁慈，而是因爲李中華在醫院裏朋友很多。想要當院長，首先要做的是不能讓醫院倒台，所以那些李中華的支持者多半要拉攏而不是懲罰。

但是對於錢程這個背叛者，她會找出各種理由將他開除，因爲他的行徑讓趙依依痛恨。

錢程不想放棄這個工作，所以他要動用一切力量阻止趙依依，他此刻對李中華表現出來的真心都是假的。

從頭到尾他所做的一切都是爲了自己，他不甘心這樣失敗，他想讓李中華與自己再次聯合，拚命一搏。李中華明白一切，可錢程在他眼中還是太嫩了。

深深地吸了口煙，李中華將還有一半的煙頭丟在煙灰缸裏，緩緩說道：「放手吧，這次競爭原本就是個錯誤。仔細想想，因為我們的競爭，有多少次至病人於危險而不顧。我們是醫生，不應該為了競爭而搞那麼多小動作……」

李中華的態度讓錢程有些惱火，這位擁有博士學位的年輕醫生陰狠地說道：「少在這裏裝好人了，你倒是沒事了，趙依依會放過我麼？你不幫我就算了，我自己來。」

望著錢程憤而離去的背影，李中華只能搖搖頭，長天大學附屬醫院註定不會平靜。

醫療界是個貧富差距巨大的地方，最有錢的當然是院長、主任，年收入過百萬；比較差的科室主任也有十幾萬左右的收入；差一級的主治醫生、住院醫生，一年會有幾萬元；最窮的實習醫生，每年還要交幾千元給醫院當實習費，是名副其實的負翁。

每天，有錢人過著燈紅酒綠的生活，而實習醫生則忙得要死，每天連吃飯的時間都要擠出來工作。

急救科是最繁忙的科室之一，所以這裏很少有實習生。眼前這批實習生來這裏多半是頭腦發熱，為了跟趙依依學所謂的超級外科技術，其實他們並沒準備好吃苦。

為此急救科的醫生們還打過賭，賭這群天真的實習生在一個月後有多少人會哭著跑回家。

趙燁也是實習生，可他的待遇卻明顯不同，趙依依主任賦予了他無數特權。趙燁可以自由參加任何急救，可以單獨處理病人，可以遲到，可以早退。

爲此，實習生們非常眼紅，特別是李恒榮，他當少爺當習慣了，從小習慣了衆星捧月的感覺，喜歡被人重視的感覺。

現在，李恒榮接受不了這樣的現實，拖著疲憊的身體回到家以後，一口飯都吃不下，他看著自己的雙手，有種噁心的感覺。閉上眼，他看到的永遠是肛門、肛門，還是肛門。

他怎麼也想不明白，憑什麼他一個高材生卻得不到重視，憑什麼父親的威望在趙依依眼中變得一文不値，憑什麼他要去面對噁心的肛門，要去灌腸。

他將飯碗放下，歎了口氣對他母親說：「媽，我不吃了，回屋裏休息了。」

「怎麼了，孩子，是不是實習出了什麼事？告訴媽媽。」

李恒榮的母親是個溺愛孩子的媽媽，她將全部精力都放在了這個兒子身上，她不允許孩子吃一丁點兒虧，受半點兒委屈。

「我今天去急救科，主任不帶我，反而帶著個長天大學的破實習生，也不知道那個傢伙花了多少錢，主任只帶他一個實習生，就是不要我，還讓我去幹最差勁的活。」

「這不欺負人麼，老李，兒子都被欺負成這樣了，你倒是說句話啊。」

李恒榮的父親在市裏只能算中層幹部，他這樣的官員在這樣的中等城市還算不錯，碰上真正有勢力的，卻連螻蟻都不如。李恒榮的父親明白這層道理，所以他對這母子倆的胡鬧根本不打算插手。

「思想不要總是那麼陰暗，人家主任帶實習生不一定就是送了錢的。虛心點，做事要從小事開始，別挑三揀四的。」

「老李，你還有沒有出息啊？真是窩囊，我怎麼找了你這麼個男人。」李恒榮的母親一邊罵著，一邊安慰兒子，「別擔心，媽媽幫你，你爸爸不管用，咱們找你徐伯伯，讓他給你說情。」

「媽，還是你最好。」李恒榮破涕為笑，什麼肛門、導尿的噁心一掃而空。

李恒榮的父親只能搖頭，家裏他做不了主，兒子被妻子嬌慣壞了，不知道以後會成什麼樣子。

人成功靠什麼？智慧？毅力？運氣？沒錯，這些缺一不可，這些都很重要，但很多時候人們都忽略了一件事。

那就是人脈！擁有一個好父親，少奮鬥三十年，五十年甚至一輩子。有的人生下來便高人一頭，有的人生下來就一無所有。

家族傳承的人脈用好了是助力，用不好就成了禍害，多少紈絝子弟、敗家子都是活生生的例子。

李恒榮從來不覺得濫用家族勢力有什麼羞恥，第二天他甚至趾高氣揚地跑到急救科，直接去趙依依主任那裏報到。

「小李來了，我聽徐主任說了，既然你這麼想跟著我學習，那麼就跟著我吧，有什麼事可以問趙燁同學。」趙依依依舊一副冷冰冰的樣子，讓李恒榮大失所望，他原本幻想著美女主任會熱情地手把手教自己。

「李同學來吧，我們今天坐門診，有好多病人哦。」趙燁很友好地笑著，可李恒榮怎麼看都覺得是笑裏藏刀，不由得打了一陣寒戰。

科室主任趙依依是不去門診坐診的，今天去看病人是趙燁要求的，趙依依現在對趙燁是有求必應。

趙燁去門診看病人主要是想增加經驗；其次，在門診只有趙燁和李恒榮兩個人，無論趙燁對他做什麼，醫生都不知道。

其實趙燁並沒打算把李恒榮怎麼樣，雖然趙燁很討厭他。討厭他裝大少爺泡妞，討厭他自以為是，更討厭他用家族的勢力壓人。

趙依依明確告訴趙燁，有電話讓她把趙燁趕走，帶李恒榮這個實習生。趙依依本來打算寧可得罪人也不趕走趙燁，並拒絕那實習生，但趙燁阻止了趙依依，讓她多接收一個實習生。看到趙燁那一臉壞笑，趙依依知道，趙燁又有鬼主意了。

趙燁是什麼人，他的實力別人不知道，趙依依可很清楚，趙燁是她的福星、幹將，沒有趙燁，她的院長根本就是浮雲。讓她趕走趙燁，趙依依絕對不肯，即使是市長打電話來，她也敢不同意。

趙燁穿白大褂永遠跟穿風衣一樣，從來不扣扣子，因為他的白大褂根本沒扣子。他個子又高，又有點小帥，醫院裏的護士對他印象很深刻，再加上趙燁喜歡說話，或許是跟變態大叔李傑學的，趙燁在護士中頗有人氣。

李恒榮看著趙燁一路跟漂亮護士打招呼，他很鬱悶，心中充滿了疑惑，他看不出這個穿著一雙盜版名牌鞋的傢伙有什麼魅力。

難道我一個堂堂名牌大學的高材生，還不如他？他越想越覺得自己比趙燁有優勢，學歷上的優勢，家庭上的優勢……

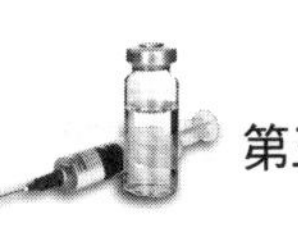

「趙燁，我們兩個分工吧，輪換著接病人如何？」李恒榮覺得要表現得更好才行，所以必須分工，他要讓大家見識到他的實力。

「沒意見，如果有處理不了的病人別勉強。」趙燁這次是好心告訴他，實習醫生其實不能做什麼，他們只幫忙對病人做簡單的處理，趙燁看得出他的比拚心理。爲了病人好，勸告他一句，「看不懂別勉強，我們就是幫忙的，主要的還是讓老師看。」

李恒榮覺得趙燁是在挑釁，於是冷哼一聲道：「放心，這點小事還難不倒我。」

急診的病人總是很多，因爲病人總是覺得自己的病很重，兩個人遵循一人一個的原則，將病人一分爲二。

李恒榮有意找趙燁比拚，看病格外認真仔細。而趙燁則是在累積經驗，每多看一個病人他就能學到很多。

變態大叔李傑教給他的東西很多，趙燁雖然聰明又很努力，可醫學博大精深，不是短時間內能掌握的，他需要一個患者一個患者的積累。

現在的他跟以前不一樣。

從前，趙燁看不起這些簡單的小病，對小病通常很不屑。可現在，趙燁無論遇到什麼病都很認真，一是對患者負責，給他們治好病，二是對自己負責，學習時間每分鐘他都不會浪費。

可有時候，趙燁還是有些不喜歡看的。

「下一個。」趙燁剛喊完，進來一位三十歲左右的婦女，打扮得很妖豔，走起路來扭得厲害。

趙燁看著這女人心中發毛，這女人看人的眼神很奇怪，明顯在犯花癡。

這樣的病人說起來不多，卻年年都有，男人女人都有，男人不用說，變態狂很多專門跑到醫院來裝病，女人趙燁則是第一次見到。

趙燁看了看這女病人，再看看李恒榮，露出了邪惡的笑容，對李恒榮說：「哎，這女病人我搞不定，你來吧，我看不出她有什麼毛病。」

李恒榮很享受這樣的感覺，他覺得這是趙燁服軟了，於是一口答應下來。趙燁可不在乎他怎麼想，高喊下一位病人。

李恒榮的高興只持續了幾分鐘，然後他神神秘秘地親自將病人送出去，趙燁看著他的背影差點笑抽筋。

剛剛那女人尿不出尿來需要導尿，李恒榮肯定是去插導尿管去了，當然這不是最重要

的，最重要的是那女人明顯犯花癡，她剛剛走進來的時候，看到趙燁跟李恒榮差點流口水。給那女人做了導尿，李恒榮日後肯定沒好日子過，花癡女人肯定不會放過他。

在趙燁偷笑李恒榮被折磨的時候，門外突然傳來一陣嘈雜，幾位帶著刺青的壯漢抬了位昏迷不醒的病人擠進了急診室。

有重要的病人來了，趙燁不再分心，趕緊打起精神準備急救。被抬進來的患者是位精壯的男子，抬著他進來的幾個人都與他年紀相仿，挽著袖子露出半截繡著猙獰野獸的胳膊。

他們一個個臉上氣憤多過悲傷，在他們身後還跟著一個瘦小的男人，滿臉苦相，似乎很害怕的樣子。

「病人是怎麼回事？」趙燁沒空看這群奇怪的組合，一邊做基本的檢查一邊詢問病情。

「明顯是被打了，我兄弟有心臟病，這次又被人打了，是不是腦震盪了？」其中一位壯漢說著推了瘦小男人一把，繼續說：「就是這個王八蛋，用棍子打了我兄弟，打出了腦震盪，我兄弟有個三長兩短我饒不了你。」

幾個混混一樣的傢伙特別強調腦震盪，彷彿他們是醫生，給自己裝昏迷的朋友下了診斷。

如果說一個人生命體徵都正常，沒什麼外傷，可患者卻昏迷不醒，是非常罕見的事情，那麼一個身體瘦弱而且膽小的傢伙，不但敢惹一群兇神惡煞，更將其中一個擊倒，則更加稀奇了。

兩件罕見的事情同時發生，就一定有問題，趙燁從來不相信小機率事件會這麼容易發生。

趙燁是個實習醫生，碰到這樣的事還是第一次，如果是老醫生看到這群人，很快就明白了。

這就是訛詐，很多這種病人來訛詐。特別是神經外科的病人，因爲腦是人體最神秘的組織，誰也不能保證腦袋受傷了會不會留下後遺症，現代儀器的檢查不能完全保證大腦沒有問題。

正是因爲這點，很多人被碰一下，就要求住院，要求肇事者賠錢。如果賠償少了，那麼他就在醫院住，一直到肇事者賠償的錢達到要求爲止。

眼前這群流氓很明顯是在訛詐這個膽小的瘦男人。

多數醫生對這樣的事情沒什麼好辦法，只能爲肇事者歎息，然後幫忙省點錢。

趙燁跟其他醫生當然不一樣。

這群流氓訛詐老實人太可惡了，對付這樣的惡人，趙燁有自己的辦法。

「收病人住院，如果是腦震盪，他還會昏迷一段時間。放心，我會給他做檢查，然後用心治療。」趙燁故意說得很大聲，讓所有人都能聽見。

趙燁的話讓壯漢們興高采烈，他們的目的達到了。

瘦小地男人則變成了苦瓜臉，他是個老實人，沒權力沒地位，每天辛辛苦苦賺點兒錢，還被這幾個不學無術的地痞看上了，跑來訛詐自己。

他恨這群地痞，同時也恨醫生，恨趙燁，爲什麼不說出真相。

再看看躺在病床上的患者，明顯是裝暈。剛剛醫生還故意說，如果是腦震盪，他還會昏迷一段時間，這不是告訴他要繼續裝暈麼。

其實沒有醫生會說出真相，因爲顱腦損傷沒辦法診斷。只要患者說頭疼，醫院就得治療，大腦的傷不是皮肉傷，沒壞就是沒壞，當然這瘦男人不知道這點，所以才會埋怨趙燁，不過用不了多久，他就會感激趙燁。

「心電監護、氧氣都準備好！」趙燁吩咐護士道。他將一切都準備得非常充分，擺出一副大場面。

那群混混覺得趙燁是個好醫生，對這個病人非常重視，實在是太配合他們了，不由得感恩戴德。瘦小的男人則對趙燁恨透了，心裏早將趙燁殺了一百遍。

看著護士們忙著上監護儀，趙煒則閑下來，跟這群地痞流氓有一句沒一句地閒聊著，大約過了十幾分鐘，他看到李恒榮從隔壁病房導尿出來。

趙煒偷偷挪到心電監護儀旁邊，小心翼翼地對心電圖的幾根線做了手腳。

不一會兒監護儀上的數字發生了變化，趙煒指著心電監護儀螢幕對這外面高喊：「李恒榮醫生快點過來，病人需要你來急救！」

李恒榮很鬱悶，他剛剛插導尿管的時候非常難受，那女患者幾乎用眼睛強姦了他，而且插管的時候，那患者竟然在呻吟，赤裸裸的勾引啊。

剛剛出來的時候，那患者還在向他要電話，李恒榮雖然得意自己的魅力無窮，可他不喜歡老女人。

剛聽到急救的時候他想逃走，因爲急救他並不擅長，雖然經常鼓吹自己是名牌大學的學生，雖然不願意承認，但他自己知道，在學校裏他是最爛的一個，可聽到趙煒喊他的名字，他又沒法逃走，只能硬著頭皮跑了進來。

病人被趙煒推進病房，很誇張地上了心電監護儀，對此那些混混很滿意，幻想著可以敲詐很多錢。而李恒榮卻很害怕，因爲他空有理論沒有實踐技巧。

「怎麼辦？」李恒榮慌張地說。他發現病人心率非常快，心電圖亂得一塌糊塗，典型的心房顫動。

趙燁不慌不忙地將除顫儀推了過來，將電極板塗抹上導電膠遞給李恒榮說：「電擊除顫啊，看你的了，李恒榮。」

這樣的場面大家在電視上都見過，那幾位送患者過來的傢伙已經傻了，他們沒想到真的需要急救，完全忘了自己的朋友不過是裝裝樣子，一時間沒反應過來應該去阻止。

李恒榮則十分害怕，他從來沒幹過這個，而且他很害怕那幾個身上有刺青的壯漢。

他閉上眼睛，顫抖著將極板放在患者滿是黑毛的胸前。

「啊！」

患者突然吼叫著坐了起來，李恒榮嚇得扔掉電極板，一屁股坐在地上。其他人雖沒這麼誇張卻也嚇了一跳。

唯獨趙燁十分冷靜，趁著這個時候，他偷偷地將心電監護儀調準，然後拍著李恒榮的肩膀說：「你真厲害，病人一電就好了。」

患者被電得很疼，一臉怒氣地看著李恒榮，電擊讓他胸口疼痛，感覺喘不上氣來，活動都困難，否則以他的暴脾氣，說不定會跳下來揍一頓李恒榮。而他的兄弟更加憤怒，好好的一個訛詐錢財的機會竟然就這麼沒了。

唯獨瘦小的男人很高興，他不用付很多錢了。他不知道，其實一開始他就不用付很多錢。

趙燁很早就算好了，他給病人的診斷是腦震盪，或許媒體報導多了，普通人都覺得腦震盪很嚴重，實際上，腦震盪是最輕微的腦外傷之一，根本不用治療。

先下了這樣的診斷，即使他的計畫失敗，電擊沒讓這群傢伙原形畢露也沒關係。一個腦震盪，隨便住住院，可以不開藥，就算訛詐賴在醫院，住院也花不了幾個錢，住院費比起住旅店還便宜一半呢。

小小的一個計策，不僅讓這群混混一無所有，更小小地懲罰了他們。要知道，電擊是很難受的，趙燁雖然不知道是什麼感覺。但是在心臟內科，那些在半清醒時接受搶救的人沒有一個願意回憶被電擊的滋味。

面對混混們憤怒的面孔，趙燁瞇著眼睛微笑著對他們說：「不用感謝我，多虧了李醫生。你們要謝就謝他，如果不是他神奇的醫術，你們的兄弟還不知道要昏迷多久。」

「我先走了，有人約了我，你們有什麼事就找李醫生，我想你們應該好好感謝他一下。」

趙燁說這些話的時候，臉上一副很天真的樣子，任誰看到了都不會覺得他在說假話。

可實際上，趙燁除了那句有人約了我是真話，其他都是在裝天真，在告訴那些混混，你們有問題找李恒榮啊。

可憐這位李恒榮，可憐這位高材生，怎麼也想不到與趙燁在一起工作短短一天，卻是他實習生涯最黑暗的一天，其中的苦難遠遠比昨日灌腸、導尿更痛苦。

轉身離開的趙燁沒回頭看那些面目猙獰的混混，他覺得那些混混不會把那位名校高材生怎麼樣，但為了小心起見，離開醫院時他還是叫了保安去看看李恒榮。

小小作弄一下可以，事情鬧大了就不好了，李恒榮說到底不過是個心智不成熟的笨蛋。

「我很壞麼？」趙燁走到醫院門口時，突然想到這個問題，「如果我很壞，那我應該助紂為虐，幫那群訛詐的地痞。如果不壞，那群地痞中裝暈倒的傢伙，胸毛都被電焦了。還有可憐的李恒榮，當場嚇得尿褲子了。」

濕人！這是趙燁給李恒榮取的新外號，褲子濕了當然要做濕人。趙燁覺得自己很壞，很邪惡。

其實趙燁並不是總這麼壞，喜歡捉弄人，對不同的人，他的態度也不同。趙燁最喜歡將裝模作樣的人踩在腳下，看他們懦弱無助的樣子。他更喜歡幫助無助的弱者，患重症已經絕望的病人。

或許這是天性使然，就好像吸煙，趙燁喜歡大口大口地吸，特別是吸那種勁大的東北煙。醫生休息室被趙燁弄得煙霧繚繞，趙燁伸了個懶腰站起來，張著大嘴打了個長長的哈欠。

工作了一天很累，可趙燁並不打算去休息，因爲他跟菁菁約好一起出去，那位漂亮的女孩昨天被自己偷到一個吻。

那感覺依然清晰，趙燁下意識地摸了摸嘴唇，感覺很甜蜜。

第四劑

車禍戰場

此刻醫院缺人，下班的醫生趕過來需要一點時間，缺人手，所以多一個人就多一份力量，哪怕是實習醫生。

車禍造成的傷害是巨大的，很多病人處於危險之中，鮮血順著擔架滴滴答答地流下，病人痛苦的哀號聲讓人戰慄，截斷的肢體觸目驚心。

趙燁甚至來不及考慮就加入到搶救的行列中，作為醫生，此刻正是他們彰顯價值的時候。

針灸減肥是菁菁每天都堅持的，也是趙燁跟菁菁每天見面的理由。

上次被趙燁吻了以後，菁菁這個羞澀的女孩只能以這個藉口說服自己去見趙燁。

菁菁沒忘記昨天的吻，更沒忘記約定好的針灸減肥，此刻，她正在宿舍裏對著鏡子打扮。很多人都覺得女生真正成熟是在大學，因爲大學的她們擁有足夠的時間，擁有足夠的資本，這是女生們的黃金年齡。

菁菁的美貌即使在美女雲集的藝術學院也是頂尖的，然而這樣一個女生卻很少化妝打扮。她從來都不化妝，哪怕是淡妝，穿衣服也很簡單，純純的樣子。

菁菁的舍友沐佳佳跑過來一臉的驚訝，道：「哎，我們家菁菁今天怎麼開始打扮自己了，難道我家菁菁找男朋友了？嗚嗚，我家菁菁要拋棄我了。」

「是你先拋棄我的，你都找男朋友了，本小姐今天也讓你嘗嘗被拋棄的滋味。」

「不要嘛，菁菁你是屬於我一個人的。」沐佳佳說著跑過來從後面將菁菁抱住，兩個人嘻嘻哈哈地鬧成一團。

瘋鬧了好一陣後，沐佳佳嚴肅地問：「你有男朋友了啊？是什麼樣的男人？肯定又高又帥，多才多藝，又溫柔又勇敢那種。」

「不是男朋友啦，我一會兒要去做針灸減肥，隨便打扮一下而已。」菁菁即使面對同宿舍的好友，也不好意思說出口。

「少騙我，當年這藉口我也對你用過，想當年我去見我男朋友劉成的時候，也是這麼跟你說的。不知道哪個牲口會得到我們菁菁的芳心。哎！真是的，誰這麼好運氣能把我們菁菁約出去呢？」

菁菁不再理會佳佳這個發神經的朋友，她很少化妝，動作有些生疏，所以特別慢。另外她也是有意拖延時間，其實她內心很亂，她不知道今天趙燁會做什麼，會不會同昨天一樣。的確只是針灸而已，不是約會，可她不明白爲什麼這次自己這麼在意。原本叔叔林軒要舉辦宴會，可她卻推掉了叔叔的邀請。

時間一分一秒地過去，趙燁走到醫院門口。此刻正值下班時間，工作讓人身心疲憊，他們巴不得早點離開這個鬼地方。

掏出兜裏的手機，撥通了菁菁的電話，電話裏菁菁告訴他還要等一會兒，趙燁很紳士地表示多等一兩個小時都沒關係。兩個人約定了見面地點，趙燁莫名地興奮，將電話收起來後準備離開醫院，加入下班醫生大軍。

工作了一天的勞累，讓下班的愉快沖刷得乾乾淨淨。就像當年上學，在課堂上明明又累

又睏，可一下課，所有的疲勞都不見了。

趙燁高興地哼著小曲走到一樓繳費大廳。醫院門口忽然變得嘈雜起來，呼喊聲、驚叫聲喧鬧得讓人頭疼。醫院門口不知道什麼時候停了無數救護車，並且還有救護車在向這裏趕來，傷患更是一個接一個地被醫院工作人員抬進來。

趙燁伸手攔住一位忙得焦頭爛額的護士才問清楚，原來是一輛旅遊大巴在附近出了車禍，大約有三十幾個傷患需要搶救。

趙燁很想去約會，現在他下班了，而且他只是個實習醫生，即使毫不作爲也沒人會怪他。

但作爲醫生他不能走，他轉身返回，隨便找了件白大褂快速穿上，加入搶救的行列中去。

此刻正值下班時間，醫生們大多回家去了，醫院只有極少的值班醫生，白天所有的醫生都會上班，可值班的時候一個科室通常只有一個醫生。

當然下班後醫生也要保持手機暢通，處於待命狀態，可實際上突發情況非常少。

此刻醫院缺人，下班的醫生趕過來需要一點時間，缺人手，所以多一個人就多一份力量，哪怕是實習醫生。

車禍造成的傷害是巨大的，很多病人處於危險之中，鮮血順著擔架滴滴答答地流下，病人痛苦的哀號聲讓人戰慄，截斷的肢體觸目驚心。

趙煒甚至來不及考慮就加入到搶救的行列中，作爲醫生，此刻正是他們彰顯價值的時候。

醫院中剩下的醫生都在忙碌著將一個個病人拉進病房進行救治，趙煒也加入其中。這時，已經沒有那麼多規矩了，沒有人在乎趙煒不過是個實習醫生。

車禍的場面很嚇人，很多人甚至嚇傻了，趙煒也是第一次見到這種血肉模糊的場面，其實他心裏也害怕，雖然他膽子看似不小。可是誰看到這樣的場面都會害怕，但他還是硬著頭皮衝了上去。

「醫生救我。」

「醫生我好疼啊，快點救救我啊！」

「醫生我要死了，快救我！」趙煒走在傷患中間，無數的傷患在哀號，甚至有人用血淋淋的手抓住趙煒不放。

「我是實習醫生，你們不害怕麼？」趙煒一句話，再也沒有人要求趙煒救命了，趙煒很滿意這樣的效果。

實習醫生真是個好藉口，可以挑選自己想救的病人。當然趙燁也不是鐵石心腸，不是看到那些求救的病人不管。

其實那些能喊救命的病人大多數都沒什麼問題，起碼沒有生命危險，而昏迷不醒的、不會叫的病人才是最危險的。

趙燁在病人周圍轉了一圈後，憑藉著超人的觀察力知道了這些病人的大致情況。

實習醫生趙燁讓這群病人直冒冷汗，在他們看來，被實習醫生治療，還不如不治療。

趙燁專門對那幾個傷勢較輕，害怕被自己治療的傢伙邪惡地笑了笑，嚇得他們差點病情加重暈過去。

最後趙燁才指揮護士將躺在角落裏的一位昏迷不醒的病人抬到病床上，然後吩咐他們將病人送到手術室。

患者滿臉是血，神志昏迷，情況很嚴重，這樣的病人正是趙燁喜歡的類型。護士不知道這個大肚子的病人是嚴重的顱腦外傷，同時腹腔內臟器多處損傷，尤其是脾臟破裂出血，再不搶救必定死亡。

趙燁將病人推到電梯裏，直接奔手術室而去，在電梯中趙燁還給趙依依打了個電話，說收到個病人讓她迅速趕來。

打完趙依依的電話，趙燁才想起菁菁，這個跟自己約好了半小時後見面的人。他有些糾結，不知道應該怎麼辦，打電話給她？應該怎麼說？

刷，電梯門打開了，手術室到了，趙燁歎了口氣，將手機放進兜裏，他沒時間打電話了，必須立刻進行手術。

趙燁洗手消毒換衣服都很快，他不想耽誤一秒鐘。正當他準備穿手術衣時，聽到手術室外有人在大吵大鬧。

「我管他誰在裏面，現在我爸爸需要手術，一定要進手術室。如果有什麼三長兩短，你能負責得起嗎？」

在門口叫囂的是位年輕人，三十多歲的樣子，一身筆直的西服，態度十分囂張，他身邊是位五十歲左右的老人，神情萎靡地躺在病床上。

「現在病人在手術，希望你不要大聲喧嘩，否則我只能請你出去。」趙燁看了看囂張的男子淡淡地說道。

他能理解患者家屬的心情，因爲車禍而將他父親的手術延期，一般人都不願意，可事情分輕重緩急，不緊急的手術推後做也是很正常的。

「你算個什麼東西？你是那個科室的醫生？你知道我是誰嗎，你敢趕我出去！信不信我

立刻讓你從醫院滾出去，我甚至讓你立刻從這個城市滾出去。」西裝男子根本不理趙燁的好言相勸，態度囂張到了極點。

「隨時歡迎你來把我搞出去，不過這手術室不歡迎你。」

趙燁說完將手術室的門關上，再也不理他，眼前的手術重要，他沒時間跟這個瘋狗理論，可他的退讓卻讓西裝男子發狂了，咆哮著想要將手術室的門砸開。

「保安，把這個人拉出去，順便打一一〇。」

西裝男子還想進去跟趙燁理論，卻被人一把拉了回來，他回頭一看竟然是他父親的主治醫師，長天大學附屬醫院年輕醫生中最強的醫生錢程。

錢程醫生記得趙燁，很早以前這個實習醫生帶著大一新生將自己攔住，還羞辱了自己，還知道他就是趙依依的實習醫生。

錢程對著西裝男子點了點頭，示意這件事由他來解決，然後他戴上口罩走進手術室，心平氣和地對趙燁說：「手術室讓出來吧，這個人不是你能惹的，如果你不肯退讓，我會告訴趙依依主任，結果還是一樣的。」

趙燁好像沒聽見錢程的話，依舊無動於衷，開始準備手術。錢程突然覺得這是個機會，一個搞垮趙依依的機會。

「這手術的主刀醫生是趙依依主任麼？」錢程一臉堆笑道。

「難道主刀是我？」趙燁沒好氣地道。

錢程十分生氣，可想想他們馬上就完蛋了，犯不上跟趙燁這麼個實習醫生生氣。他決定火上澆油，挑撥那位有錢有勢的西裝男子仇恨趙依依，趙依依得罪了有權勢的人，院長就沒指望了。

趙燁徵用的手術室原本是門外那西裝男子父親的手術台，可他父親的手術並不是非常急迫，完全可以延期手術。

但這西裝男子有錢有勢，霸道習慣了，不願意延期手術，在他眼中，自然是他父親的健康最重要，可在醫生眼中，眾生平等。

所謂眾生平等，無論是誰，進了醫院都是病人，管你有錢有勢，還是窮得付不起醫藥費，在醫生眼中都是一樣的，都是病人，對待所有病人當然都要盡心盡力治療。

趙燁經歷了這麼多事情後聰明了許多，或者說圓滑了很多，眼下的手術雖然不是觀摩手術，可趙燁知道很多人都在關注著趙依依，更關注著他這個實習醫生，他們都在等趙依依與他的助手犯錯。

例如錢程，趙燁看到他的時候，就知道這個傢伙不懷好意。他站在趙依依的對立面，他詢問這個手術的情況，絕對不會是因爲關心趙依依，雖然他曾經是趙依依的追求者。

下絆子使壞是趙燁的專利，屬於專家級別的趙燁，絕對不允許無緣無故地被別人使壞。於是，趙燁很小心，不留給敵人任何機會。

進了手術室，趙燁按部就班地進行術前準備，因爲下班時間，醫院的醫生都在趕來醫院的路上，手術室裏的幫手也是奇缺。

手術是爭分奪秒的事，因爲手術更是嚴謹的事。趙燁在等趙依依的同時，也在做著術前準備。

長天大學附屬醫院裏多數人提起趙依依首先的印象是漂亮，其次就是她的敬業，雖然很多人都說她是靠著漂亮臉蛋成爲主任的，可人們心裏清楚，在醫院裏沒有實力，後台再硬也不可能當上科室主任。

濫用權力在醫院雖然不能免俗，可醫院畢竟是人命關天的地方。有後台卻沒技術的關係戶只能在醫院後勤工作，有技術的關係戶才能上臨床。

趙依依一接到電話，就急沖沖地趕來醫院，作爲急救科的主任，她已經習慣了這種情況。

急救科遇到危重病人需要大型手術時，很少有其他科室願意接手，這種情況一般都是趙依依趕來動手術，因此急救科才淪為一個專門接收病人然後轉到其他科室的中轉站。

也不知道是第幾次匆匆忙忙地趕來醫院，每次趙依依都來不及換鞋子，她的高跟鞋與醫院的大理石地面滴滴答答地激烈碰撞著，猶如一曲快節奏的交響曲。

手術室在外人看來很神秘，實際上手術室管理並非大家想像得那麼嚴格。

在手術室門口有驗證身分的管理員，根據手術通知單驗證手術人員的身分。

眼下車禍帶來的混亂，讓這位管理員忙得焦頭爛額，趙依依是急救科的主任醫生，參與急救是最正常的，所以也沒人阻攔她。

趙依依飛快地換上手術衣，帶好口罩帽子走進手術室。當她走進手術室時，發現趙燁已經做好了術前準備，開始做一些簡單的手術處理了，專注的趙燁甚至沒發現趙依依走進手術室。

在護士幫忙整理手術衣時，趙依依一直看著趙燁的一舉一動，這位年輕的實習醫生在無影燈的聚焦下完全沉浸在手術中。

鋒利無比的手術刀切開皮膚，尋找破損的血管……拯救生命。

趙依依見到此時的趙燁，歎了口氣，她此刻才真正明白趙燁，這個實習生其實並沒有想像得那麼複雜，他就是個單純的醫生，爲了拯救生命而存在的醫生。

趙依依走進手術室時，並沒在門口看到那囂張的西裝男子，趙燁更不會跟她說關於手術室的爭端。

在手術室中就應該專心致志地手術，雖然以前趙燁在手術室有過很多搞怪的舉動。但那些都是爲了讓大家輕鬆下來的調劑品而已。

此時正値多事之秋，院長的競爭似乎塵埃落定，但越是這種時候越容易出事，趙依依深明此理，趙燁不告訴她是爲了避免她多想，影響了手術。

趙燁其實不知道，如果他將事情全盤告訴趙依依，這位急救科主任，這位被他親暱地稱呼爲姐姐的女人也不會說什麼。

她依然會站在趙燁這一邊，無論從感情上還是從理智上，趙依依都會毫不猶豫。

因爲理智會告訴趙依依，這位擁有頂尖醫生潛質的趙燁，才是趙依依競爭院長的最大支柱。雖然把他當成福將，可趙燁更是一個得力幹將。

更重要的是，趙依依已經將趙燁當成弟弟了，即使是女強人也是女人，女人在感情上總有過不去的坎。

趙燁修復完一個破裂的血管後抬頭，才發現趙依依來了，他沒有停止手下的動作，只是淡淡地說道：「病人需要開顱，他有嚴重的顱內出血。」

「胸腹部的外傷你能搞定麼？」趙依依戴上乳膠手套問道。

「放心，只要你能搞定，這人就死不了。」趙燁自信地說道。

手術室裏的護士跟麻醉師是第一次跟趙燁合作，他們一直以爲趙燁是新來的醫生，帶著手術帽和口罩的趙燁除非是熟人，否則根本認不出他。

手術台上的病人傷勢非常嚴重，即使不是醫生，他們也能看出他走下手術台的機率很低，在這些人看來，趙燁的話不過是年輕氣盛，不知天高地厚而已，這樣的年少輕狂很快就會嘗到失敗的滋味。

唯一相信趙燁的是趙依依，或許是趙燁創造了太多的奇蹟，讓她有些盲目。當然也有一部分出於趙燁的自信，她喜歡趙燁的奇蹟，更喜歡這樣的自信。

基本鎖定了院長的趙依依需要鞏固自己的地位，一步步爬到院長位置的她，還需要一步步將對手踩在腳下。

無影燈下穿著墨綠色手術衣的趙燁一改往日的嬉皮笑臉，表情肅穆地捏著手術刀。

「三、二、一！」

趙燁心中默念，手術刀劃過皮膚，留下一抹妖豔的紅色，電光火石般的速度，連傷口出血都很少。

近乎完美的刀口，這一刀無論力度還是精確度都近乎完美，只用一刀就將腹部完全切開露出臟器。

這是患者腹部的另一個切口，開始的時候趙燁已經打開了一個切口。手術的時候很少有患者需要開兩個刀口，但在外傷極重的情況下卻經常發生。

趙燁用紗布將血擦乾淨，然後進行下一步，患者的脾臟破裂，折斷的肋骨挫傷了肝臟。這都需要修補。第一個切口主要是修復破裂的血管，第二個開口才是手術中最重要的部分。

「輸血兩個單位！」

「準備吸引器，將腹腔內的血給我吸乾淨！」

趙依依在開顱，趙燁在開腹部，兩者的工作都是獨立的手術，這樣的聯合手術需要兩個手術小組，可手術室裏卻連一個手術小組都夠不上。

護士手忙腳亂地充當助手，將血袋掛好後又忙著用吸引器吸血，無奈腹腔內血液太多，即使吸引器開到最大功率也無法吸乾淨。

「醫生，無法將血液吸乾淨！」

護士已經急得快瘋了，汗珠不斷順著額頭滴下。

趙燁將吸引器拿過來放到一邊，取了一根血管鉗，靜靜地觀察著病人的腹腔，血液很多並且還在不停地流。

深深地吸了一口氣，止血鉗深入滿是血液的腹腔。那一刻時間彷彿停止了，所有人都覺得他瘋了，只有瘋子才會這麼幹。

趙依依還來不及阻止趙燁，他已經將血管鉗深入滿是血液的患者腹腔內。堅硬的血管鉗碰到任何臟器都是巨大的損傷。

根本看不到血管，就這麼插進去，在任何人看來都是亂搞，不但夾不住血管，甚至會弄傷臟器。

「繼續吸血吧。」

趙燁又將吸引器遞給護士。

護士帶著懷疑用吸引器吸血，然後懷疑瞬間轉變爲驚訝，最後變成了敬佩，她無法想像這個醫生是如何做到這一點的。

奇蹟！真正的奇蹟！

讓人無法相信的、無法理解的技術。

此刻他們才知道，這個醫生並不是狂妄自大，他的確有實力說這樣的話。

沒有血液阻擋視線，讓手術變得輕鬆很多，趙燁用止血鉗將脾蒂緊緊夾住，封住了所有的血管防止出血。

脾臟必須切除，碎裂的脾臟已經無法縫合了，脾臟是人體最大的免疫器官，卻也是可有可無的器官，但趙燁現在還不打算馬上切除脾臟。

病人生命垂危，趙燁要先處理其他傷勢。

下一步是肝臟。

肝臟被斷掉的肋骨戳傷，留下了很大的傷口，不停流血。

趙燁很冷靜，清理肝臟損壞創口，切除無生機組織，鉗夾結紮活動性出血血管及膽管。

肝臟不是脾臟，肝臟是不能切除的，趙燁必須將它完美修復。修復肝臟跟切除肝臟腫瘤不一樣，跟肝臟的移植更不同。

趙燁手術再厲害，說到底也就是個實習醫生，他只在屍體上模擬過手術，真正在活人身上修補肝臟他還是第一次。

第一次總有些激動，趙燁深吸了一口氣，他做的手術也不少了，很多手術都是在模型上或者屍體上練習完畢後就直接上了手術台，每次手術過後他都有巨大的進步。他的激動並不是因為害怕，而是他將再一次成長，在實踐手術中進步、成長。

「他肝臟破損得太嚴重了，是不是將損傷過度的部分切除？」

趙依依在開顱減壓的時候還不忘關心趙燁，她看到趙燁在深呼吸以為他在害怕，因此提議道。

「那個太慢了，只有六個傷口，我處理傷口的速度比部分切除要快。」

如果趙燁一開始說這些，恐怕手術室裏的人都會笑掉大牙，但現在沒有人懷疑趙燁的話。

阻斷肝臟供血，不能超過兩分鐘，所以肝臟手術應該以速度為先。趙燁首先是對淺表比較小的肝裂傷予以絲線間斷褥式縫紮。

每次縫合都達到裂口基底部，這樣可以防止出現死腔而形成血腫或繼發感染，縫合時要工整，同時要求每針縫線的邊距不能超過一釐米。

趙燁對自己要求很高，縫針不僅要快，而且在各個方面完全超過了標準，最顯而易見的是每針縫線的邊距只有零點三釐米，並且每一針的距離都是零點三釐米，猶如機器一般精準。

病人肝臟上還有兩個比較大的裂口，直接縫合非常困難，趙燁並不直接縫合，而是利用大網膜堵塞縫合，大網膜就是胃背部腸系膜或者胃系膜從胃與腸之間向前膨出，在腸的前方下垂形成皺襞，沒有什麼生理功能，所以被切除也沒關係。

手術中很多時候都是這樣，醫生替患者手術，說白了跟修補差不多，修補當然需要材料，人工材料局限性大並且價格昂貴，因此合理操作就地取材成爲醫生們的必修課。

趙燁算是合理取材的典範，這樣的縫合可以保證肝臟的傷口縫合牢固，不會破裂，同時讓損傷嚴重的地方恢復得更快。

急救講究的是速度，同時也不能忽視手術的品質，趙燁的搶救及時到位，趙依依這時也完成了病人頭顱減壓術，經過兩人一番努力，病人已經穩定下來。

雖然病人還沒完全脫離生命危險，然而趙依依也鬆了一口氣。

患者能不能完全恢復，就要看他的生命力了，作爲醫生，趙燁與趙依依已經盡了最大的努力。

手術室外的錢程跟囂張的西裝男子，還在等待空閒手術室。西裝男子覺得手術室的負責人不是趙燁這樣的毛頭小子，會爲了個不相干的病人得罪他。

可是他等待了許久之後才明白過來，手術室不是他的。

錢程很喜歡這樣的結果，他拍了拍西裝男子的肩膀輕聲說：「我幫你想辦法弄一間手術室，放心，這點權利我還是有的。」

第五劑

醫生的悲哀

醫患關係本來就非常敏感，這種情況下只要小小地煽動一下，說不定就會造成巨大的衝突。不明真相的群眾將趙燁跟趙依依團團圍住，紛紛咒罵、抱怨，甚至有人動手推推搡搡的。

群情激奮中，趙依依很害怕，她見過太多失去理智的病人家屬，因為不是醫療事故的事故而將醫生打得半死。

做了好事不一定會有好結果，這就是醫生的悲哀。

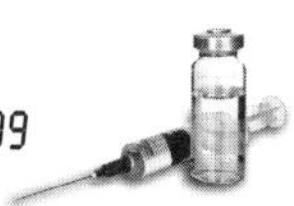

有時候，在某些人眼裏，金錢與權利不是一切，他們可以爲了某些看起來微不足道的理由，或者某些信仰而對權、錢不屑一顧。

趙燁或許沒那麼高尚，如果拿出一千萬放在他面前對他說，這些錢是你的，只要你幫我做點事情，趙燁肯定會激動得暈倒。

如果告訴他，給你一千萬不許救這個病人，那麼趙燁絕對會從一千萬的誘惑中清醒過來。

一千萬不少，但從趙燁這裏買條人命還不夠，爲了這一千萬放棄信仰，放棄立場，放棄醫生的職業生涯，更是不值。

做人要有原則，有些事情可以做，有些事情永遠都不能做。

所謂的立場，就是無論有多大的誘惑，都不會動搖。

醫生的立場就是，永遠保持治病救人的心，患者的生命是第一位的。

趙燁只是個實習醫生，實習學習的不僅僅是醫術，更是醫德，學會做人，學會做醫生。

菁菁的漂亮，讓站在街邊的她成了行人矚目的焦點，甚至有幾個傻傻的傢伙，因爲看得太專注，而撞到了其他行人或者建築物。

即使看到這樣搞笑的事情，菁菁也沒翹起嘴角，她甚至有些惱怒，惱怒趙燁不守信用，明明約好了又不來。

能與菁菁約會，是多少男生夢寐以求的事，自己拒絕過多少次男生的約會，她早已經記不住了，然而被放鴿子卻是第一次。

輕輕抬起手腕，手錶顯示已經超過約定時間半個小時，整整半個小時，她都在人們的注視中，憤怒的菁菁再也忍不住了，踩著那雙小皮鞋，啪答啪答地跑到路邊，伸手攔下一輛計程車。

「去哪兒？」司機問。

菁菁突然發現自己無處可去，回宿舍？人人都知道她出去約會了，半個小時就回去的話肯定會成爲大家的笑柄。

因此她更加痛恨趙燁，痛恨這個不守信用的男人，痛恨這個放了自己鴿子的壞男人。

她想起趙燁就恨得牙癢癢，找趙燁算賬？菁菁搖了搖頭，那可惡的傢伙放自己鴿子，自己怎能厚著臉皮去找他呢？

「到底要去哪兒啊？」司機有些不耐煩地問。

「東鵬酒店。」菁菁說，她想不出還能去哪，此刻的她很憤怒又很委屈，想找人給她安慰，幫她出氣。她第一個想到的就是叔叔林軒，此刻她恨死趙燁了，淚水不爭氣地順著美麗的面頰流了下來。

林軒在菁菁眼裏不過是位叔叔，對她有些溺愛，把她當親生女兒的叔叔。可是這個城市的其他人卻知道他是領導，領導大駕光臨，自然要好好招待。

於是，五星級酒店東鵬酒店承載了這次宴會，這是市裏最好的酒店，最高規格的招待。

菁菁上車時，趙燁還沒從手術室出來，他離開手術室時已經過了一個半小時，這些時間不足以百分百完成手術，但卻足以讓患者脫離危險。

手術剩下的部分並不困難，趙燁跟趙依依將病人交給急救科其他醫生接手。

本來趙燁是想堅持到手術做完的，可他還是爭不過趙依依，救治更多的人是他們的目標。重傷人員比起那些脫離危險的病人，的確更需要趙燁與趙依依這對組合。

趙依依想得更多，作爲醫生首先是想救人。而作爲競爭院長的候選人之一，她想在這場車禍急救中立功。

爲了能在與李中華的對抗中取得壓倒性優勢，她不能放過任何機會。

眼前的車禍對於患者而言是不幸的，可對她無疑是一次好機會。這種車禍造成的多半是外傷，不是腫瘤科擅長的項目，急救科對外傷的治療卻是頂尖的。

在進手術室前，趙依依就已經通知了急救科所有下了班的醫生，在十分鐘內回到醫院，對於這樣的命令，大家沒有絲毫怨言。

趙依依上次手術的勝利，讓急救科的醫生們士氣高漲，人人都想爲趙依依貢獻力量，幫助自己的主任登上院長的寶座。

趙燁跟趙依依兩人將一次性手套跟帽子隨手丟在手術室的回收桶裏，脫掉手術服走出手術室。

剛想喘口氣，趙燁就看到了最不想見到的人，一直在鬧事的西裝男子，他的父親進了其他手術室，他正在手術室外等候。

西裝男子沒想到僅用一個半小時，趙燁他們就出來了，他先是一愣，然後高興地笑了起來。

錢程跟他說過，趙燁他們的病人很難救活，所以西裝男子以爲手術失敗了，因此兩人提前出來了。

「啊哈，看看這是誰啊，救世主，菩薩，大神啊！大家都來看看，這兩個傢伙以爲自己是神醫，明明救不活的病人卻硬要去手術，能治好的病人卻不給手術的機會。你們兩人到底

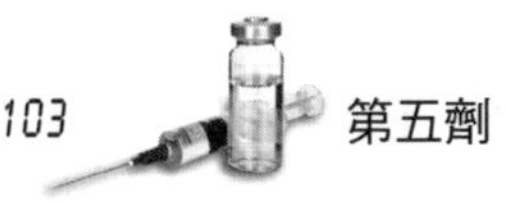

收了人家什麼好處，一定要給那快死的人手術？」

西裝男子的話配合他那誇張的動作很有煽動性，手術室門外有很多車禍傷者的家屬，在手術室緊張的醫院裏，他們爲了找一個手術室費了很大力氣，其中不乏用金錢收買醫生才搞到手術室的患者。

醫患關係本來就非常敏感，這種情況下只要小小地煽動一下，說不定就會造成巨大的衝突。不明真相的群眾將趙燁跟趙依依團團圍住，紛紛咒罵、抱怨，甚至有人動手推推搡搡的。

群情激奮中，趙依依很害怕，她見過太多失去理智的病人家屬，因爲不是醫療事故的事故而將醫生打得半死。

做了好事不一定會有好結果，這就是醫生的悲哀，確切地說是好醫生的悲哀。在這樣的醫患關係下，在這樣的醫療界，即使是蓮花也會被淤泥污染。

西裝男子很高興，雖然年紀輕，他卻很懂得如何煽動群眾，也許跟他的職業有關係。

西裝男子本名熊偉，在宣傳部門工作，三十多歲當上副部長，可謂前途無量，雖然其中一半是靠他父親的關係，當然，另一半是靠自己的能力。

爲此，西裝男子熊偉頗有幾分得意，他經常自誇有能力，鄙視那些完全靠關係的紈絝子弟。

此刻他又開始自戀起來，看著被圍攻的趙燁跟趙依依很是得意。

「想跟我作對，你們還差得遠呢。」熊偉一副小人得志的樣子。

面對著憤怒的人群，趙燁一手護著趙依依，一手保護著自己不被誤傷。他也是第一次遇到這樣的情況，患者家屬突如其來的圍攻，讓他有些措手不及。

實習醫生除了要學習醫術，學會做人，學習醫德，還要學習如何處理這樣的事情，趙燁這個實習醫生恐怕是最見多識廣的實習醫生了。

「都給我走開，現在我要去手術，需要手術的患者也許就是你們某個人的家屬！你們把我攔在這裏一分鐘，你們的家屬就多一分鐘的危險。」

「如果你們繼續在這裏鬧事，我會把手術室裏的醫生都叫出來，你們受傷的家屬如果不需要醫生的話，你們就繼續！」

對這些失去理智的群眾，趙燁知道說這些話最有用，雖然都是假話，他不可能叫手術室裏的醫生出來，可患者卻不那麼想，所謂關心則亂。他們的憤怒是因爲關心親屬，因此沒能識破趙燁的謊言。

憤怒不過是一時的，當趙燁的話傳到他們耳朵裏，他們終於意識到，自己是在人家的地

盤上，在醫院打醫生是很不明智的，特別是這醫生根本沒對自己造成什麼傷害。

人群漸漸退卻，趙依依躲在趙燁懷裏偷偷瞄了幾眼，發現人都跑了以後，也不再害怕了，挺起她那傲人的胸脯對眾人說：「那位瀕死的病人已經脫離了生命危險，現在由其他醫生接著手術。我們根本沒收受賄賂給人安排手術室，相反我們是專門救治危重病人的。」

「你們知道你們都做了什麼嗎？你們在圍攻拯救危重病人的醫生，在圍攻救了你們親人的醫生。」

「更加悲哀的是你們都被利用了，那個傢伙才是剛剛賄賂我，威脅我讓我把傷重的患者抬出來，然後將他父親那台根本可以推遲的手術先進行，這種人才是造成手術室緊張的原因。」

美女的力量是無法估計量，趙依依先是哭得梨花帶雨，接著楚楚可憐地訴說，然後又一身正氣地表明自己醫生職責的神聖，最後義正詞嚴地道破了熊偉的謊言。

趙依依的一番話讓患者開始相信，她說的才是真的，而穿著西裝一副善良模樣的熊偉不過是個騙子。

但也有少數人依然堅持醫生沒有一個好東西的想法，於是手術室外亂成了一團。患者們吵吵嚷嚷，就像電視裏經常出現的那種流氓，一邊吵還一邊扔東西。

沒有人再理會引發爭鬥的三個當事人，熊偉沒想到這兩個人一番話就輕鬆地解決了這群憤怒的患者，這讓他更加惱怒。

「你們不會有好結果的，即使你們是這個醫院的主任醫生，我也可以將你們弄垮。」熊偉的話多半是吹牛，其實他的能力再加上他父親，想要弄垮個三甲醫院的科室主任還是要費點氣力的。

趙燁根本將他的話當空氣，趙依依雖然有些擔憂，卻也沒理會熊偉。

社會上雖然存在那種爲一丁點兒矛盾就耗費大力氣把人家弄垮，甚至家破人亡的人，但這樣的人畢竟是少數，而且能不費吹灰之力就把一個科室主任弄倒的人，多半不會是熊偉這種人。

熊偉見兩人不說話了，以爲他們倆害怕了，於是更加囂張起來，又擺出一副小人得志的樣子。

「如果你們求我，或許我可以原諒你們，如果……」

趙燁根本不想理會這樣的傢伙，甚至有些不解，這麼弱智的兒童怎麼囂張到現在的，是不是他身邊的人都跟這傢伙一樣弱智啊。

熊偉正高興的時候，手術室跑出兩位醫生，慌張地跑到他面前，可到了他面前卻又吞吞

吐吐。

最後才開口說道：「你父親心臟出現了嚴重的問題，我們發現他有心臟動脈腫瘤，生命垂危，需要你簽字同意。在開顱的同時開胸，不過在這之前，你要找位能將你父親心臟修復的醫生。」

熊偉愣住了，完全不能接受這個事實，雖然不懂醫術，可他也知道心臟動脈腫瘤意味著什麼。

這東西沒能早發現本身就已經很危險了，此刻突然爆發又完全沒有準備，則更加兇險。他無法控制自己的情緒，揪著傳訊醫生的衣領暴躁地怒吼著：「難道醫院沒有能做這個手術的醫生麼？」

「我們附屬醫院雖然實力不錯，可這樣的大手術一般都是從外面請教授來做的。」醫生剛剛猶豫正是害怕他暴怒，面對熊偉的怒吼小聲回答道。

熊偉一瞬間從天堂跌落到地獄，現在他還是貴公子，他的事業能有今天，一半是靠父親的庇佑，如果父親不在了，他不僅失去了一位親人，在事業上的打擊更大，父親是他的靠山，如果父親死了，那麼他恐怕永遠無法升遷了，而且他的身分也將一落千丈，即使面對趙依依這樣一個醫院科室主任，恐怕也要點頭哈腰。

熊偉再也無法這樣蠻橫，天堂到地獄不過一步之遙，所謂樂極生悲就是他這樣。前一刻還囂張無比，轉眼間卻跌落深淵。

「手術我們可以做。」趙燁站在熊偉面前淡然地說道。

熊偉不相信趙燁。熊偉的名字起得很有氣魄，可氣度卻跟名字恰恰相反，他根本不相信趙依依跟趙燁兩人會救他的父親，甚至覺得這是趙燁對他的嘲弄。

他不想接受敵人的幫助，他覺得如果將手術交給趙燁兩人，等於將父親送上死亡線。

絕對不可以，要用也是用李中華。熊偉想到李中華的名字，長天大學附屬醫院最有名氣的腫瘤專家，擅長腫瘤切除術，被譽爲長天大學附屬醫院二十年來第一刀的人。

當他提出用李中華的時候，那位通知他的醫生告訴他，李中華是腫瘤病專家，但不是心臟外科專家，這個是動脈瘤，不是癌症腫瘤。

眼前這個動脈瘤，即使是頂尖的外科專家操刀也不是很有把握，李中華算不上頂尖，更不是心胸外科醫生，所以最可能的結局就是，手術失敗！

冒險是勇敢者的遊戲，趙燁算不上勇敢者，卻也不是膽小的人，熊偉雖然討厭，但他父親是無辜的。

醫生的眼中只有患者跟正常人之分，就算此刻熊偉病倒，他也會毫不猶豫地救活他。

好醫生不會把情緒帶到手術台上，無論躺在手術台上的是什麼人，在醫生眼中都是患者。

「給你一分鐘時間考慮，如果你再不做決定，我想後悔的就是你了。」趙燁淡淡地說。

熊偉當然算不上什麼好東西，他的父親是什麼樣的人誰都不知道，如果根據熊偉的品行來看，多半也好不到哪裏去。

可患者挑選醫生，醫生卻不能選擇患者。無論對患者的爲人鄙視也好，崇拜也罷，無論他們是什麼身分，在醫生看來都是一樣的人，不過是得了病的患者罷了。

趙依依對趙燁擅自決定救熊偉的父親並沒多說什麼，至於雙方的恩怨，她也瞭解得差不多。

不管熊偉是什麼背景，給他父親做了手術也許能化解恩怨，少個敵人總比多個敵人要好。而且最重要的是，作爲醫生見死不救也不應該。

心臟手術同開顱手術一樣，一直都是外科手術中的重點難點，趙依依是急救科主任，作爲急救專家，心臟手術不是她的專長，如果讓趙依依主刀，她只有五成把握救活熊偉的父親，再加上她對熊偉的厭惡，這個機率可能會降到三成。

趙依依很想問趙燁是不是真有把握，可在熊偉和眾多病人家屬的圍觀下，她忍住了。

如果趙燁成功，她可以少個敵人，如果失敗了，也不會多一個敵人。管他有沒有把握……

沒有退路，沒有選擇！

熊偉不得不懇求趙燁幫忙，這是他唯一的選擇，他只能寄希望於趙燁不會公報私仇，希望能夠出現奇蹟，這位年輕的醫生真能救活父親。

否則，熊偉不僅僅失去了親人，更失去了最大的靠山，得罪人無數的他知道，後半生根本沒有光明可言，如果手術失敗，他寧可死，但死也要拉上兩個墊背的……

在熊偉簽字同意以後，趙燁沒說什麼，直接走進手術室，他不在乎別人怎麼想，他在乎的是自己的原則。

熊偉的父親原本只需進行開顱手術取出那個表淺的腫瘤，手術的主刀醫生是年輕有爲的錢程，原本這手術十拿九穩，可在手術途中不知道心臟怎麼出了問題，此刻必須進行心臟手術才有希望保住性命。

開顱手術的主刀是錢程，熊偉的好朋友，也是第一個宣佈放棄手術的人，熊偉的老爹如果死了，錢程不知道應該高興才好，還是悲傷才好。

高興的是，再也不用被熊偉那個混蛋欺負了，悲傷的是，少了個靠山。

反正人也救不活了，熊偉扔掉手套，他決定把責任推給趙依依和趙燁。至於藉口，就說他們兩個在一開始手術室的問題上耽誤了手術時間。

可在他走出手術室時，他卻碰到了這兩個人，令他不敢相信的是，他們兩個竟然是去做手術的。

「你們兩個要去做手術？」錢程無法理解。怎麼仇人的父親病了，他們兩個竟然也會幫忙手術。

「沒錯！」趙依依說。

「你們有把握？」

「有百分之七十三點九八六的把握。」趙燁說完拉著趙依依進了手術室，不再理會發呆的錢程。

「百分之七十三點九八六？」錢程默念了好幾遍，也沒明白這麼精確的數字是怎麼算出來的。最後歸結爲成功的機率很大，錢程現在開始擔心萬一他們手術成功了，怎麼辦。

趙燁不過胡亂說了一組數字，就將那討厭的蒼蠅趕走了，他另換了一身乾淨的手術衣。

當他準備手術時，卻發現手術室裏沒有護士，只有個因爲工作勞累而昏昏欲睡的麻醉師，還是因爲沒來得及走留下的。

「人都去哪了？」趙燁對昏昏欲睡的麻醉師吼道。

麻醉師打了個哈欠，睜開睡眼迷迷糊糊地說：「都跑了，就丟下我一個在這裏等死，不是，是等著病人死。」

在和平年代，死人最多的地方就是醫院，見慣了生死的醫生如果為每一位患者的死而悲傷的話，恐怕他們的眼淚一個月就會流乾。

原本麻醉師的麻木並不值得趙依依生氣，可現在她卻變成了女暴龍，趙依依立刻火了，憤怒地扯下口罩，然後破口大罵：「你這算什麼醫生，難道不知道醫德為何物麼？」

麻醉師是醫院的老員工，他不知為什麼趙依依發如此大的脾氣，張口結舌地不知道說什麼好，這話平時都是當玩笑說的，也沒人生氣，難道女暴龍大姨媽來了，脾氣不好？

趙依依發脾氣不是針對麻醉師，憤怒的主要原因是沒護士，只有個不知所謂的麻醉師，手術不是一個主刀醫生就能完成的，特別是這種需要趕時間的手術。

「我出去找個護士，你先做準備，我馬上回來。」趙燁當然知道趙依依在想什麼，他示意趙依依冷靜，然後拿出一副新口罩遞給趙依依，急匆匆地跑出手術室。

醫院中常規手術很少有晚上做的，手術室的護士只有幾個人值夜班應急，面對突如其來的事故以及眾多的病人，根本忙不過來，雖然很多非手術護士也進來幫忙，可無奈病患太多，護士一時奇缺。

手術室最少需要兩位護士才能保證手術順利進行，可趙燁他們的手術室一個護士也沒有。他本來覺得在手術室外會很容易找到護士，可出來他才發現，護士竟然成了稀缺動物，要知道，平時只有美女護士才是稀缺資源。

錢程看到無頭蒼蠅一般的趙燁偷偷發笑，在醫院中他頗有威望。特別是在護士中，現在如果說誰能立刻找到護士，無疑是錢程這個傢伙。

至於趙燁這個實習醫生根本不會有人理他，可錢程就那麼無動於衷地看著，看著趙燁著急，看著他的好朋友熊偉傷心，看著患者逝去。

他甚至還打發了所有護士去其他手術室，即使剛剛趕到醫院加班的人也一樣，就是不給趙燁。他有種預感，如果把護士派給他們，自己一定會後悔。

那天趙依依與李中華拚手術表現得太過神奇，那場手術還沒有錄影，錢程怎麼也想不到在那麼短的時間內，手術是怎麼完成的。他將那台手術歸類爲奇蹟，而他此刻害怕奇蹟再次上演。

因此他想盡一切辦法不讓這手術成功，成功了，就代表這手術他錢程做不了，可趙依依能做，這樣，不用等趙依依當上院長，他自己就可以走了。

趙燁知道護士奇缺，極少的護士也都在其他手術室，同時他也隱約猜到錢程在搞鬼。所以他也懶得去問錢程，而是自己找，希望能夠碰運氣遇到從家中剛剛趕來醫院的護士。

匆匆趕往手術室的護士不少，卻沒有一個肯為趙燁停留，沒有一個肯幫忙。

很多大手術不僅需要一個好主刀，好助手，更需要動作敏捷的護士，以及技藝高超的麻醉師。

這手術趙燁本來有八成把握，如果沒有護士，恐怕他的成功率會下降一半。此刻的趙燁根本不奢求非常熟練的護士，只要有個能幫個忙的護士就行。

「哪怕有個實習護士也行啊！」趙燁祈求著，賜給我一個護士妹妹吧，不要很漂亮。

這種祈求好像是變態大叔經常幹的事，然而上天似乎被花心的變態大叔遮蔽了雙眼，竟然真的賜給趙燁一位護士妹妹。

在趙燁面前不到十五米的距離，出現了一個女孩，雖然沒穿護士服，卻勉強算是位護士。確切地說是打扮很蘿莉的女孩，齊瀏海的頭髮，大眼睛，纖細的身體穿著帶有卡通圖案的衣服，看起來很萌的樣子。

趙燁看到她的同時，她也發現了趙燁，認識趙燁並且能主動跟他打招呼的女孩不多，俞瑞敏就是一個。

她看到趙燁很高興，急急忙忙跑過來說：「趙燁，可算找到你了，你還沒下班啊？」

「別廢話了，跟我走！」趙燁也不管她找自己幹什麼，拉著她的手就向手術室的方向走。

「其實我是有點事情求你，但在我求你之前，你要先告訴我，你到底要幹什麼啊？」

趙燁不經意的牽手讓俞瑞敏有些害羞，臉上泛起微微紅暈。然而趙燁卻根本沒注意到她的變化，甚至沒聽清她說什麼。

「救場！」

「救場？」

「沒錯，手術室救場，你不是護士麼？」

「我只是護理系學生。」

「差不多，跟護士就差幾個字而已。」

第六劑

救場

心臟手術是很危險的，需要醫生極其高超的技術，這點常識連護理系的學生俞瑞敏都清楚，當她走進手術室發現是心臟手術的時候，她有些猶豫，有些害怕。

趙燁找來俞瑞敏也是沒有辦法，雖然她只是個護理系的學生，起碼她專業對口，比起路人能強點。

錢程冷笑著看著趙燁，本以爲趙燁能找到什麼樣的幫手，一個護理系的學生而已，連進手術室資格都沒有的學生。

本來他還擔心手術會成功，會讓他很尷尬，讓他下不來台，可現在，他完全放心了，心臟手術如果用這樣的護士當助手，即使主刀醫生再厲害也無能爲力。

奇蹟不會發生兩次，當然如果是實力，那麼發生多少次都是正常的。

俞瑞敏也在懷疑，手術室都沒進去過的她到底能幹什麼，而且趙燁還說這是個大手術。心臟手術、開顱手術是外科最難的手術，這樣的手術不僅需要主刀醫生的技術，同時需要其他助手的配合。

趙燁此刻徵用俞瑞敏救場也是沒有辦法，有總比沒有好，純粹死馬當活馬醫，也是沒有辦法的辦法。

熊偉看到趙燁帶著個年輕護士進去，過了好一會兒才發現不對勁，拉著他的好朋友錢程問：「那個護士怎麼那麼年輕？」

「那護士？他朋友吧，好像是護理系的學生，算不上護士。」錢程冷哼道。

「什麼？他怎麼能這麼做？」熊偉感覺自己被趙燁耍了，憤怒地站了起來，要去找趙燁理論。

「哦，他是主刀，他說了算。」錢程也不阻攔，一副看熱鬧的心態。

熊偉想了想又坐下了，父親的命掌握在人家手裏，即使現在趙燁做更過分的事他也不得不答應，父親就是他的一切，前程、地位……

他雖然脾氣暴躁卻不是傻子，趙燁如果要害他父親，乾脆見死不救就是了，此刻既然進了手術室，就不會搗鬼害他父親，手術室裏是有攝影機的，發生的一切都能知道。

熊偉雖然這麼想可還是有些擔心，可他別無選擇，父親在手術室危在旦夕，長天大學附屬醫院中唯一能救父親的就是趙燁跟趙依依這對組合。

錢程看到熊偉坐立不安的樣子，又開始添油加醋，「其實我應該告訴你，趙依依手術的能力是不錯，可你如果覺得她能救你父親，那就大錯特錯了，我覺得他們是在賭博，治好了算功勞，治不了也沒什麼。」

「你是說他們用我父親做試驗品？」

「這是你自己說的，我可什麼都沒說。」錢程攤了攤雙手，「我忘記告訴你了，手術室裏除了主刀醫生是主任醫師以外，助手是實習醫生，唯一的護士甚至是個學生。」

「不是我不幫你，我也想調用最好的醫生來給你父親手術，可趙依依太霸道了，根本不用我的人。」

錢程是個人才，可以將信口胡謅的東西說得很真情，這樣的人不當演員實在太可惜了。

錢程高超的演技讓熊偉信以爲真，他本來就對趙燁兩人沒什麼好印象，此刻漸漸相信了錢程的話，覺得自己上當受騙了。

「不要擔心，急救科的主任趙依依還是有點實力的，如果他們成功了當然最好，如果失敗了，你可以很輕鬆地報仇。」

「無論成功失敗，我都不會放過他們。」熊偉惡狠狠地說道。

錢程看熊偉的眼光非常奇怪，在驚訝中很快轉變成興奮，無論如何，趙依依都將面對這二世祖的怒火。錢程很高興看到這樣的結果，可又不能在熊偉面前表現出興奮，一時間臉上扭曲的表情很是奇怪。

手術中的醫生們並不知道，他們正在搶救的患者家屬，已經打定主意要報復他們了，所謂恩將仇報最好的寫照，就是這個。

心臟手術是很危險的，需要醫生極其高超的技術，這點常識連護理系的學生俞瑞敏都清楚，當她走進手術室發現是心臟手術的時候，她有些猶豫，有些害怕。

趙燁找來俞瑞敏也是沒有辦法，雖然她只是個護理系的學生，起碼她專業對口，比起路人能強點。

另外，手術室真的需要幫手，只有他跟趙依依無論如何也搞不定這台手術。其實手術室對護士的要求並不高，卻又不能缺少護士，俞瑞敏進來只是幫忙，做些傳遞器械的工作。畢竟開刀的醫生只有兩隻手。

趙依依完全相信趙燁，她只管手術，至於俞瑞敏的身分，她根本問都不問。

「我第一次進手術室，心臟手術我不行的。」俞瑞敏換了衣服，有些害怕地說道。

「放心，你就是來幫忙的，快去洗手消毒，然後幫我傳遞器械，很簡單的。對了，你會洗手消毒吧？」趙燁鼓勵著俞瑞敏，鼓勵到最後，趙燁突然想起來，她可能連最基本的東西都不會。

「不會……」俞瑞敏低著頭說，她此刻覺得自己很丟人。

「不會我教你，看我怎麼做，學著點。」趙燁剛剛離開過手術室，所以要重新消毒，還要換一身新的手術衣。

外科的醫生手術前洗手消毒是很嚴格的，特別是心臟手術，需要多次反覆沖洗消毒。

俞瑞敏：「其實我是來找你借東西的。」

趙燁：「借東西？借東西的事情一會兒再說，什麼都借給你，不過你首先要幫我手術。」

俞瑞敏：「真的?那好，我如果犯錯了，你可不能罵我。」

趙燁：「不會的，門口的家屬會罵你。」

俞瑞敏：「……」

趙依依看著俞瑞敏生疏的動作，不由皺了皺眉頭，然後對她說：「你看著就好，我要哪個東西會跟你說，你千萬不要亂動。」

其實俞瑞敏不喜歡眼前這個漂亮女人，從見到趙依依第一眼就沒喜歡過她，也不知道是什麼原因。此時，俞瑞敏更加不喜歡她說的話，可又無力反駁，她的確是個什麼都不會的護士，甚至都看不懂這個手術。

趙燁的手術特點就是快，所以非常適合急救，他快速、穩健的手術刀從來不會多割一下，切口漂亮得猶如藝術品。

無影燈下的手術刀猶如被賦予了靈魂，刀刃的軌跡妖異萬分，總是能避開最重要的血管，卻又能快速地將心臟打開。

醫學是經驗學科，人體組織複雜的程度遠遠超出普通人的想像，各種器官、血管、神經排列得非常複雜。開刀的時候要避開這些組織。

趙燁雖然年輕，但手術上卻做得很好，這與平時的努力分不開。

心臟是人體最重要的器官，趙燁最喜歡的就是心臟手術，為此他做過很多功課。

他曾經在豬心上做過無數次練習，因為豬的心臟跟人類的心臟大小相同。那段時間他不停地吃豬心，猶如噩夢般讓他印象深刻，可手術技術的進步也讓他興奮。

心臟手術需要讓心臟停止跳動，在手術之前需要進行體外循環，就是用人工心肺機代替心臟運作，說起來簡單，做起來卻很困難。

體外循環是將體內靜脈血引至體外進行氧合，然後再輸回體內。如此血液可以不經過心臟和肺進行周身循環。

心臟內因無血液流動，為外科醫師提供了切開心臟進行直視手術的條件，這種方法可使心臟手術操作時間大為延長，使一些複雜的心臟畸形手術成為可能，但是必須具備一套性能良好、安全可靠的人工心肺裝置。

「肝素注射！」

「血壓正常！」

「心肌保護溶液注射！」

「準備建立體外循環！」

切斷連接心臟的大血管，然後將這些血管連接到特殊的管子上，管子的另一頭就是體外循環機，說白了，體外循環機就是臨時的人工心臟。

由於患者身體虛弱，眼前的手術對於他來說是一個挑戰。所以手術必須做得迅速，時間越短，對身體的損傷越小。

簡單的手術是單純的切開切除，再複雜一點的手術是組織的修復，而趙燁他們正在進行的手術，則是對心臟進行更加困難的人工置換。

他們需要做動脈搭橋，同時對被破壞組織進行更換，還需要切除心臟上的動脈瘤。

患者體溫降至二十六度，生命體徵穩定，趙燁深吸一口氣，開始全力手術，縱劈胸骨，切開心包，灌注心臟停搏液。

趙燁的手術以速度見長，快速又不乏穩健，他的手術精準得猶如機械定位過一般。

趙依依這個名義上的主刀此刻變成了助手，而實習醫生趙燁則成了主刀，專注的他似乎忘記了身邊的一切。即使在心臟這樣脆弱的、不允許犯錯的器官上，趙燁依然大膽，快速地精確地操作著。

趙依依是一個完美的助手，當然一個主刀醫生當助手還是綽綽有餘的，在比較容易操作的地方，兩個人同時進行手術以節省時間，在困難的地方，則是趙依依幫助趙燁。

患者是主動脈瘤病人，趙燁曾經冒充教授做過一次主動脈瘤手術，那次手術堪稱經典。

正是因爲做過這類手術，所以趙燁才敢應承下來，在熊偉面前誇下海口。主動脈瘤素有「定時炸彈」之稱，患者如果得不到及時的手術治療，瘤體隨時可能破裂，繼而引發大出血，最終導致死亡。

熊偉父親是不幸的，他的定時炸彈在這個時候爆炸了，當然他也是幸運的，爆炸的時候正好躺在手術台上，可以進行快速急救。

這台手術血管吻合口較多，一旦出血不止，造成心包填塞，極可能導致患者突然死亡，手術過程可謂危機四伏。

趙燁在關鍵時刻從不急躁更不害怕，這似乎跟他平時玩世不恭的性格有關，手術一步步地進行，游離升主動脈，切除升主動脈病變區域。

保留其後方和左、右冠狀動脈開口，切除主動脈瓣，移植帶瓣的人工血管，再將左、右冠狀動脈移植於人工血管上，人工血管與升主動脈遠端吻合……

手術充滿危險，但過程卻波瀾不驚，以至於俞瑞敏這個只能扶著傳遞器械的外行人也覺得手術非常無聊。

因此她傳遞器械還經常弄錯東西，看著趙依依跟趙燁兩人的默契配合，她有些羨慕，她是多想能跟趙燁一起合作完成手術啊。

緊張的俞瑞敏再加上胡思亂想，錯誤不斷。趙燁皺了皺眉頭，卻沒有指責她，而是開玩笑說：「這叫縫紉機連續縫合，當然這是我自己取的名字，你看是不是很合適？就跟縫衣服一樣，當然衣服是不會出血的，更不會破裂。」

俞瑞敏第一次進手術室非常緊張，她是個新生，甚至連手術器械的名字都認不全。趙依依面對心臟手術更是一臉嚴肅，手術成功與否關係到她的前途，她不能不緊張。

兩人都沒回答趙燁的玩笑話，卻在玩笑中不知不覺放鬆下來，逐漸進入手術狀態。

上一台手術趙依依主刀趙燁當助手，兩人輕鬆救治了重傷的患者。根據當時患者的情況，在其他醫生手中幾乎是必死無疑，可趙燁和趙依依奇蹟般地將患者救過來了。

現在趙依依再次面對幾乎可以判定必死的患者，這次能救活麼？誰都不知道，手術雖然接近尾聲，可誰都不知道患者到底怎麼樣了，在一台高難度的手術中，誰也沒有百分百的把握能成功。

第七劑

擁有魔力的手

趙燁在用手模擬心跳，心臟分為左右心室，左右心房。每一個心房或者心室的收縮與舒張都是不一樣的，時間不同，收縮力度也不同，想用手來模擬這些簡直是天方夜譚，但是趙燁卻做到了。

可是這近乎完美的心臟按摩進行了一分鐘，心臟依然沒跳動。

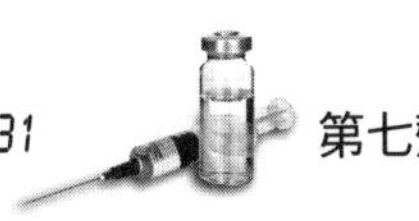

外科醫生在手術的時候都沒有時間概念，他們總是覺得時間飛逝，一台心臟手術做了過半，卻讓人覺得似乎只過了十幾分鐘而已。

時間飛快是因爲過於專注，在手術中需要的不僅僅是技術，更需要專注，只有專注才能避免錯誤，才能百分之百發揮實力。

無影燈的聚焦讓心臟看起來彷彿籠罩在聖光下，趙燁的手術配合上這奇幻的光芒讓人有種錯覺，彷彿這燈光下是一雙擁有魔力的手，無論什麼困難都能克服，無論什麼問題都能解決，趙燁專注於手術中，一步步解決所有的問題，不知不覺手術漸漸接近尾聲。

「大功告成，解除人工心肺機，讓患者恢復心跳！」趙燁對心臟的大血管進行了最後一針縫合後命令麻醉師道。

麻醉師聞言切斷了心肺機，讓血液重新灌流入心臟，可激流的血液卻沒能讓心臟再次跳動。

這種情況很常見，心臟無法跳動時，醫生需要對心臟進行按摩，趙燁想都沒想，立刻將手深入胸腔，用手對心臟進行按摩。

本來應該由趙依依做心臟按摩的，可趙燁卻搶先一步把手伸了進去。

趙燁在手術台上總是毫無顧忌地做任何他覺得對的事，對此趙依依已經習慣了，可此刻她卻有種感覺，看著趙燁嫻熟的動作，根本就不是個普通醫生，更不是實習醫生，他的技術遠遠超出了他的身分、年齡。

從最開始的腫瘤手術，那次在隆輝爭奪最佳新人獎的手術，還有最近的手術，每一次趙燁都在飛速進步，每一次他都讓所有人吃驚。

趙依依看著專注於手術的趙燁，心中不由得疑問，這個年輕的醫生到底有多強？現在他在某些方面已經超越了自己，以後他還會做自己的助手麼？

努力進行著心臟按壓的趙燁可沒想那麼多，他全心全意地做著心臟按摩，這個動作他曾經練習過很多次，非常努力地練習，他的心臟按摩跟其他人不一樣。

趙燁在用手模擬心跳，心臟分爲左右心室，左右心房。每一個心房或者心室的收縮與舒張都是不一樣的，時間不同，收縮力度也不同，想用手來模擬這些簡直是天方夜譚，但是趙燁卻做到了。

可是這近乎完美的心臟按摩進行了一分鐘，心臟依然沒跳動。趙燁把沾滿血的手從患者胸腔中抽出來。

「準備電擊，二十焦。」趙燁準備電擊起搏。

電流傳導至心臟的每一個細胞，然而心臟依舊沒有絲毫的搏動跡象，趙依依有些心急，

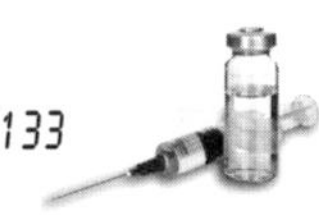

直接將功率調節到三十焦耳，將電極板遞給趙燁。

「再試試吧。」

「不了，它會跳動的。按摩是讓血液恢復流動，電擊是讓心臟再次搏動，十秒鐘後它會跳動的。」

俞瑞敏看著趙燁，頗有些不信他的話，她可從來沒見過趙燁手術，在她看來，心臟手術跟闌尾炎手術沒啥區別，當然即使這樣，趙燁似乎也厲害得超出了想像。

俞瑞敏在心中默數，她不信趙燁所謂的十秒鐘理論。趙燁在俞瑞敏心中永遠都是嬉皮笑臉、玩世不恭的傢伙。整人還有點兒本事，其他方面可就不行了。

她想打擊一下趙燁，心中默數著時間，如果十秒鐘後，患者的心臟還沒跳，她就要羞辱趙燁一番。

因為她怎麼也無法將眼前這位厲害的醫生跟那個猥瑣的嘴臉聯想在一起。然而俞瑞敏剛剛數了三個數，那心臟竟然真的跳了起來。

看到俞瑞敏驚呆的樣子，趙燁笑嘻嘻地問：「你不會真的相信剛剛我說的十秒鐘吧，我是亂說的，如果過了三秒鐘還不跳，那麼就要進行下一次電擊了。」

「我……」俞瑞敏不知道說什麼好。她不過是個醫學菜鳥，剛剛進入大學而已，如果是經驗豐富的醫生，看到這點恐怕不會覺得這是玩笑，能夠對心臟跳動作出如此精準的判斷，可不是一般醫生能做到的。

對心臟少一次電擊，就少一次傷害，趙燁對心臟的掌握，到了令人驚訝的地步。

對於趙燁驚人的技巧，知道的人並不多，如果有人看到這一幕恐怕會驚呼，可在場看到趙燁手術的只有那麻醉師，他迷迷糊糊的根本沒看手術，俞瑞敏又是菜鳥，根本看不懂。唯獨趙依依明白趙燁的厲害，可她對此已經見怪不怪了，似乎趙燁做出什麼驚天動地的事都是應該的。

當然其他人不會這麼想，如果他們現在出去公佈手術成功，恐怕立刻會被其他醫生圍住詢問手術的秘訣。

「做最後的皮膚縫合吧。」趙依依將穿好的針線遞給趙燁。

這次手術她心甘情願地當了助手，似乎理所當然卻又有些奇怪，科室的主任醫生竟然給一個實習醫生當助手，而且還不是在教學手術中，說出去絕對沒有人相信。

幾分鐘後，趙燁縫合了最後一針，然後用棉球沾了碘伏消毒，患者此刻生命體徵穩定，呼吸平穩，如果不是胸口上那道二十多釐米長的刀口，恐怕大家會覺得患者是睡著了。

縫合完成，手術成功了。

趙依依鬆了一口氣，直到此刻，手術才算真正完成。

連續的手術雖然勞累，卻讓人高興，讓人非常有成就感。趙燁很享受這種感覺，從一台台手術中學習，不斷積累成長。

手術室門外的熊偉看到兩位完成手術的醫生，他同很多家屬一樣關心結果，急匆匆地跑過去。

「手術很成功。」趙燁淡淡地說。

「成功就好，否則我讓你償命！」熊偉聽到父親沒事，終於放下心來，突然變成一副令人厭惡的嘴臉。

趙燁從來沒想過人可以翻臉像翻書一樣，特別是對著自己的救命恩人，剛剛將人救活的成就感一下子變成了悲哀。

「你找我償命吧，我就知道你會翻臉，其實你父親的手術剛剛做了一半，我出來就是看看你有沒有認錯的態度，剩下的你自己去做吧。」趙燁說完擺出一副比熊偉還囂張的樣子，走了。

熊偉張著嘴愣在那不知道說什麼好，他的情緒突然大轉彎，氣憤、惱怒、懊悔種種情緒交織在一起，讓他有種快死了的感覺，他慌亂中相信了趙燁的話，開始深深自責，如果真如趙燁所說，那麼他剛剛的囂張就毀了他的一切。

更驚訝的是俞瑞敏，她第一次進手術室緊張得快要得心臟病了，好不容易完成了手術，出來後竟然沒得到誇獎反而被冤枉。

面對熊偉開始時兇神惡煞似的面孔她有些害怕，隨即她又覺得此刻神情落漠的熊偉是活該，她甚至覺得趙燁如果真的那麼幹，中途停止手術也是這患者活該。

趙依依歎了口氣，快步追上趙燁說：「真是遇到白眼狼了，救了他爹還要恩將仇報。早知道真應該救一半，讓他後悔一輩子，而不是這樣嚇唬他。」

「算了，慢慢就習慣了，我們是弱勢群體，除了讓他後悔一會兒、嚇唬他一下，我們又能怎麼樣呢？」

趙依依其實就是安慰趙燁，沒想到趙燁會有這種覺悟。醫生遇到刁民就是弱勢群體，老實的百姓遇到黑心醫生也是弱勢群體。

醫患關係緊張的今天，醫生跟患者兩者都沒得好，唯一占了便宜的也許就是媒體，起碼他們的新聞素材多了不少。

嚴重的車禍引起了各方面的重視，醫院的領導也匆忙地趕到醫院進行指揮，手術室的搶救工作自然是重點。

院長龍瑞此刻忙得焦頭爛額，從接到車禍消息的第一刻起他就沒閑下來。指揮醫生工作、調配藥品，甚至急得想自己上手術台。

重大事故死人是避免不了的，特別是他接到報告，說手術室有兩個瀕死的病人基本沒有希望救活了。對此，龍瑞已經做好了準備，可他卻遲遲沒接到死亡報告。

他奇怪了沒過多久，竟然又接到報告，瀕死的兩位病人竟然全部手術成功，保住了性命，更奇怪的是這兩台手術的主刀跟助手是相同的。

趙依依與趙燁這對急救科的組合，不斷地創造著長天大學附屬醫院的奇蹟。

重大事故零死亡，長天大學附屬醫院有史以來最大的奇蹟。

作為院長，龍瑞很高興，這可是大功勞，特別是在他即將離任的時候，還能留下這樣輝煌的一筆，很不容易。

龍瑞算是眼睛比較毒的傢伙，他看得出趙燁的實力，更明白趙依依的能力，這兩個人總是能帶給他驚喜，原本就打算將院長讓給趙依依的他，更加堅定了這個決心。

院長龍瑞心情大好，匆忙趕到手術室第一線指揮工作的時候，卻接到了手下的小報告，神經外科的醫生錢程向他打小報告。

「趙主任帶著實習醫生進入手術室當助手已經很過分了，她竟然還帶著一個連實習護士都不是的學生進去當護士，嚴重違反了醫院的規定，而且她還收受賄賂霸道地搶佔手術室，以至於病重的患者多等了十分鐘才進入其他手術室，如果不是我力挽狂瀾，那患者早就死了。」

如果龍瑞會這麼輕易相信他的話，也就不配當這個院長了，一個領導者有自己的辦法知道醫院裏到底發生了什麼。

他惋惜地看著錢程，這位長天大學附屬醫院曾經最年輕有爲的醫生。

雖然一直聽人說他人品不好，可龍瑞沒覺得那有什麼問題，現在看來，錢程手術雖然不錯，可惜心太壞，而且不夠聰明，有才無德！

這樣的人註定只能成爲人人討厭的臭蟲！

龍瑞擺了擺手不理會這個讓人討厭的傢伙，更不會懲罰兩位有功之人。

實際上他還沒見到趙依依跟趙燁兩個人，他們倆完成了熊偉父親的手術後，又投入到其他患者的搶救中。

熊偉得知父親安然無恙後欣喜若狂，在高興之餘他又無端產生了深深的恨意。他現在就

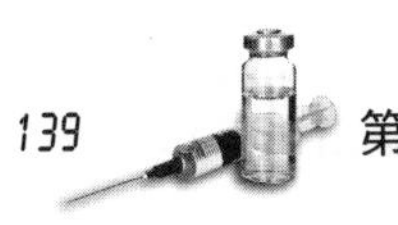

想將趙燁跟趙依依撕裂，他痛恨趙燁那種不屑的眼神，那是從骨子產生的鄙視。更加痛恨趙燁走出手術室那一刻對他的嘲弄，他要碾碎趙燁，撕裂趙燁，以此來證明自己的強大，以此來消除他的自卑。

弱者只能在踐踏比他更弱的人時才能找到快感，找到強者的感覺。

熊偉將他父親送到重症監護病房後並沒過多停留，而是打電話叫人來幫忙，之後就將父親的病情完全遺忘在腦後。

活了三十多年，再加上父親的人脈與力量，熊偉在這個城市也算有不少朋友，雖然他管不到醫院這塊，但是他可以找人幫忙，對付趙依依這樣一個醫院的科室主任他能找出很多人，更別說趙燁這樣一個根本不值一提的實習醫生了。

電話打通了，熊偉將大致情況說了一下，對他的狐朋狗友他毫無隱瞞，直接將實習醫生趙燁以及科室主任趙依依說了出來，末了他還在電話裏補充，趙依依可是絕色尤物。

欺軟怕硬是熊偉這類混蛋的特點，惹事生非、唯恐天下不亂是他們的共性。

熊偉覺得那群太子黨朋友會配合他的，但很快他就聽出電話的另一頭非常不耐煩。

「就這麼點兒事啊，你難道不知道今天東鵬大酒店的事麼?這麼重要的事情你不來，還在為了這麼點小破恩怨糾纏。」

熊偉一愣，他怎麼也沒想到這群人竟然一改往日的惡劣品性，變得正經起來。他歎了口氣，感慨世態炎涼，老爹還沒死，這群人就不幫自己了，剛想掛電話又聽到電話另一頭傳來聲音。

「你不會真不知道吧，有個大人物來我們這遠端了。在東鵬大酒店準備了晚宴，你難道不懂這種宴會的意義嗎？難得的機會，如果你知道這個大人物的身分，你就會後悔今天沒來了。」

電話被粗暴地掛斷了，熊偉愣了好久才反應過來，看了看父親所在的病房，臉上沒有一點表情，立刻消失在黑夜中。

人們對熊偉的冷漠唏噓不已，親生父親剛做完手術，都不多陪一會兒。

東鵬大酒店是這座城市中爲數不多的五星級大酒店之一，柔美舒緩的鋼琴曲，夢幻般奢華的裝飾，世界頂級的美食與紅酒。

在場的多是政要與顯貴，他們彬彬有禮、談笑風色，彼此之間玩著幾千年不變的老遊戲卻樂此不疲，窮人渴望有錢，有錢人則害怕貧窮。

在時代的發展中，這樣的宴會成爲有錢人相互聯繫的最佳場所，在這樣的場合他們可以談生意、聯絡感情，最重要的是，他們喜歡將自己的下一代介紹給朋友們。

富不過三代就像個詛咒，現在的有錢人多半是暴發戶，他們錢來得快去得也快，他們害怕貧窮，於是想方設法地鞏固實力，結交權貴。

林軒是這次宴會的主角，實際上他並不喜歡這樣的場合，甚至有些討厭。人很多時候都在做著自己不喜歡的事情。

即使是位高權重的林軒，權利給了他很多東西，其中就包括眼前這些。

其實他完全可以推掉這次宴會，此次他會出席，完全是給曾經提攜自己的領導面子，這位老領導目前退休在家，而他的老家就在這個城市。

當然林軒想要見曾經的領導，原不必如此大費周章，他這麼做的主要目的，是報答老領導。這次宴會以後，會有很多人幫林軒照顧他。

林軒工作的地方不在這座城市，距離遠了，很多事情都照顧不到，而且那老頭脾氣太怪，從來不求林軒什麼，因此林軒只能出此下策。

宴會已經開始了一個多小時，林軒提著酒杯輕鬆地應付著眾多的賓客，他風趣優雅的談吐，出眾的氣質，讓他成爲全場的焦點。

當然還有他身邊那位漂亮的女孩菁菁，林軒的侄女，也是被趙燁放鴿子的女孩。

菁菁有些悶悶不樂，一副不高興的樣子。

雖然她很喜歡漂亮的紅地毯，精緻的琉璃燈，美麗的舞會，可她完全提不起興趣，只站在林軒身邊，像一個漂亮的花瓶。

時間過得很快，林軒不止一次抬起手腕看時間，漸漸地，他看時間的次數越來越多。

「給你十分鐘，我要知道李叔怎麼還沒來。」林軒低頭對身邊的秘書悄悄說，他口中的李叔就是他曾經的老領導，將他從退伍兵一手提拔到局長的，李叔是他這輩子最大的恩人。

遲到十幾分鐘或許還說得過去，然而過去一個小時還沒有消息，就極有可能出了問題，林軒對秘書下了死命令，對待手下一直很溫和的他很少下這樣的命令。

高官的秘書自然有很強的辦事能力，僅用五分鐘他就完成了任務，然後急匆匆地跑去彙報了。

「在長天大學附屬醫院，聽說出了車禍，傷勢很重。」秘書小聲說道。

林軒聽完回報以後，震驚地將手中的酒杯放到桌子上，默默不語地穿上外套，一聲不響地離開了。

他離開得很匆忙，甚至人們都沒發現這次宴會的主角林軒離開了，菁菁從來沒見過林叔叔如此著急過，往日那種掌握一切的自信消失了，林軒甚至親自開車，為的是能將車開得快

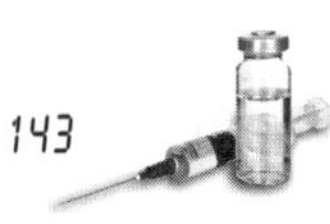

點，能快點到長天大學附屬醫院。

林軒從來沒想過會第二次來長天大學附屬醫院，第一次他是履行職責對醫院的衛生醫療系統做評估檢查，今天卻是來探望病人，他討厭那種無聊的檢查，更加討厭來醫院探望親人。

同先前那種指點江山的氣度相比，此刻心情大大不同，林軒匆匆忙忙地趕到醫院，卻在門口猶豫了。

他甚至不敢打開病房的門，他害怕，非常害怕……

病房的門慢慢被推開，林軒的眼睛濕潤了，雖然護士告訴他患者已經脫離了生命危險，叫他不用擔心。

「李叔，都怪我不好，我應該去接您的。」林軒紅著眼睛坐在病床前握著患者的手說。

「您別自責了，李大爺一生廉潔，從來不肯坐公車的，誰也沒想到他騎自行車這麼多年了，今天會出事故。」秘書勸解道。

「把負責的醫生叫來，老人家一生都沒用過權利謀私，今天我就要破這個例，把李叔的主治醫師喊來。」

「已經叫過了，馬上就來！」

林軒點了點頭，表示對秘書的工作非常滿意，然後緊緊握著患者的手，一臉的關切。

菁菁和躺在床上的人並不認識，她沒有林軒那麼悲傷，可她不笨，她猜得出這患者對林軒很重要，她跟著來醫院的主要原因是擔心林軒，其次是今天被放鴿子的事情，她總有些放不下。雖然在生趙燁的氣，可也有些擔心趙燁，甚至胡思亂想著趙燁是不是也出了什麼意外。

原本她是打算向林軒訴說委屈的，可到了東鵬酒店她卻什麼都沒說，她一直告訴自己她並不在意趙燁，不在意他是否在乎自己，然而來到長天大學附屬醫院，她卻發現那不過是自欺欺人。

如果是在往常，寵愛菁菁的林軒肯定會發現她的異常，然而今天事情太多，林軒沒注意到這些細節，也沒心思去理會。

過了幾分鐘，林軒等得有些不耐煩，吼道：「主治醫生怎麼還不來？把院長龍瑞給我叫來。」

平時的林軒溫文爾雅，雖然是軍人，可人們都覺得他頗有儒家風範。往常林軒平易近人，從來不會利用手中的權利爲自己做事，可今天的他明顯不同。

秘書接到命令立刻起身去辦，剛轉身準備出去就碰到了護士。或許是夜裏加班的原因，護士態度極其惡劣地對著病房喊道：「交錢了，你們是病人家屬吧，去交錢，否則就出院，把床位給我空出來，我們醫院床位可緊著呢。醫院可不是給人白住的地方，別跟我說什麼沒錢……」

護士說話跟連珠炮似的，整套說辭讓人無法反駁，當然她也不是對每個病人都這麼說，這次連環車禍受傷的人不少，她一路上吼了好幾個病房，這些病房的患者都有一個特點，他們都是騎車或者步行被撞受傷的，屬於沒錢的那種。

林軒十分惱怒，但礙於身分，他不能跟護士吼叫，他的秘書雖然善解人意，卻也從來沒幹過吵架的事，在護士的蠻橫下，他們發現自己唯一能做的竟然是生氣。

這時，病房外走來一位醫生，他聽到護士的話，似乎有些不滿，冷冷地說道：「護士，這是我的病人，由我負責，你作爲護士難道可以決定病人的生死麼？患者出院與否我說了算，至於有錢沒錢不是你操心的事，好了，你可以出去了！」

趙燁本來是想看看患者的情況，卻想不到遇到個蠻橫的護士。他看不慣醫院那群勢利小人，所以，說話很不客氣，根本不在乎是否得罪了護士，也不在乎他幫助的是什麼樣的病人。

這病人是趙燁好不容易搶救回來的，雖然現在還沒清醒，可總算是從死亡線上拉了回來，對這個病人趙燁非常關心，絕對不允許出什麼差錯。

當趙燁走進病房時，他以爲自己眼花了，他看到穿著漂亮晚禮服的菁菁，還看到了她的叔叔林軒，冷峻的面孔上帶著一絲哀傷。

「你們怎麼會在這裏，你們是患者的家屬？」趙燁驚訝道。

「算是吧，你是李叔的主治醫生？」林軒皺了皺眉頭看著趙燁。

「嗯，是啊，我給他開刀做的急救手術。」

「你是實習醫生，怎麼能做主刀？」

林軒身材算不上高大，卻孔武有力。多年來身居高位的他身上有種自然的氣勢，他是個重情義的人，一手提拔他的老領導雖然不是他的親屬，可兩人的感情絲毫不比有血緣關係的親屬差。

「我？我是主刀醫生的實習生……」趙燁畢竟只是個實習醫生，面對林軒的質問有些慌張，結果說錯了話，但很快就更正了，「我的意思是，我是跟著主任醫師的實習生，趙主任馬上就到。」

「你做的手術？」

「是！」趙燁雖然不再害怕他，卻也不敢說假話。

「好，叫院長龍瑞過來，我要問問他這個院長是怎麼當的，實習醫生也能主刀？」

林軒雖然知道趙燁是李傑的弟子，並且對他的醫術讚譽有加，可他依然覺得再天才的術者也不能在實習生階段做手術。

所謂關心則亂，他此刻幾乎喪失了理智，從走進醫院開始，林軒就非常不滿，患者傷得很重，昏迷不醒，而醫院卻沒給他安排最好的病房。

護士又是副可惡的嘴臉來要錢，現在竟然發現是實習醫生給自己敬愛的人做手術，他甚至開始擔心醫院是不是用實習醫生來充數，對他敬愛的李叔做了什麼，生平很少利用權力謀私的林軒憤怒了。

趙燁沒說話，他猜到林軒誤會了，但現在不能解釋，他正在氣頭上，聰明的人應該懂得避其鋒芒。

菁菁看了看趙燁，又看了看林軒，她從來沒見過林軒生這麼大的氣，此刻她對趙燁的怨恨一點兒都沒有了，反而擔心起來。

她見過林軒生氣，那次是在大街上，林軒看到一個不孝的兒子當街毆打父母。作爲路人的林軒二話不說，上去拉住那不孝子就是一頓暴打，差點將那不孝子打死。

因此菁菁有些擔心，擔心林軒會跟趙燁打起來，林軒叔叔看起來溫文爾雅，實際上是個火爆脾氣。

「算了，我去見龍瑞吧，你去叫主任醫生來。」林軒改變了主意，他雖然生氣，卻不糊塗，以他的身分犯不著跟實習醫生動怒，特別是醫聖李傑推崇備至的弟子。而且手術已經做完了，看樣子還算成功。

趙燁如遇大赦，他害怕林軒那銳利的目光，趙燁知道對這種氣頭上的患者家屬說什麼都沒用，那護士把人家得罪得很徹底，一點挽回的餘地都沒有。

趙燁也懶得挽回，他又沒做虧心事。而且爲了救這個人他還出了不少力。趙燁沒解釋的另一個原因是，他有點害怕林軒，這不是他膽子小，而是趙燁覺得跟林軒說話很不舒服。

「這傢伙到底是幹什麼的，真嚇人，難道這就是所謂的王霸之氣？」趙燁離開病房後心有餘悸地想。

「還是讓偉大的趙依依主任來面對這王霸之氣吧，我雖然穿著白大褂卻不是小白啊，我可是實習主刀，不，是主刀實習醫生。」

林軒走得很匆忙，以至於東鵬酒店那些傢伙過了十幾分鐘才發現今天的宴會主角沒了，一番調查後由寶馬、蘭博基尼、三菱等高檔車組成的車隊，浩浩蕩蕩開往長天大學附屬醫院。

熊偉平時泡妞無往不利的紅色寶馬在車隊中顯得毫不起眼，跟這群真正的世家子弟比起來，他算不上什麼。他怎麼也想不到走到半路他又轉回到起點，回到了長天大學附屬醫院。掛擋、踩油門，熊偉重新啓動車子，在馬路上轉頭，將油門踩到底，直奔長天大學附屬醫院。

熊偉想早點到醫院，他急著去收拾趙燁跟趙依依兩個跟他作對的醫生。跟他同車的好友曲峰，卻想第一個到醫院給領導留下個好印象。

曲峰家是做醫療器械的，對長天大學附屬醫院很熟悉。他的想法是早一步到醫院，幫這位大領導解決醫院的問題，林軒官職不小，可在這裏畢竟人生地不熟的，早點過去幫忙無疑會給他留下好印象，還能讓林軒欠自己個人情。

「曲哥，一會兒幫我父親弄個好病房，還要幫我出氣啊。」熊偉對趙依依、趙燁始終念念不忘。

曲峰是商人的兒子，從小精打細算的他跟熊偉不同，對熊偉的小心眼有些鄙夷，但他並沒有表現出來，只是淡淡地說：「放心，你快點開車，咱們一定要第一個到醫院。」

第八劑

借刀殺人的計策

「就是這兩個人，說他父親的命無比珍貴，當時在手術室手術也是他要搶手術室，當然沒被他們得逞，但也耽誤了我跟趙主任寶貴的手術時間，你知道急救都是按秒來計算時間的。」

趙燁指著兩個人不緊不慢地說著，句句如刀鋒掠過心頭，熊偉跟曲峰已經嚇傻了，他們看到趙燁身後站著一個人，因為憤怒臉色鐵青，他緊握著拳頭一副要殺人的樣子。

這個人正是林軒，雖然退伍多年，可林軒依舊留有當年的火爆脾氣，此刻躺在病床上的是他的恩人，為此他甚至破例動用了自己的權利，來為恩人謀取更好的醫療條件。

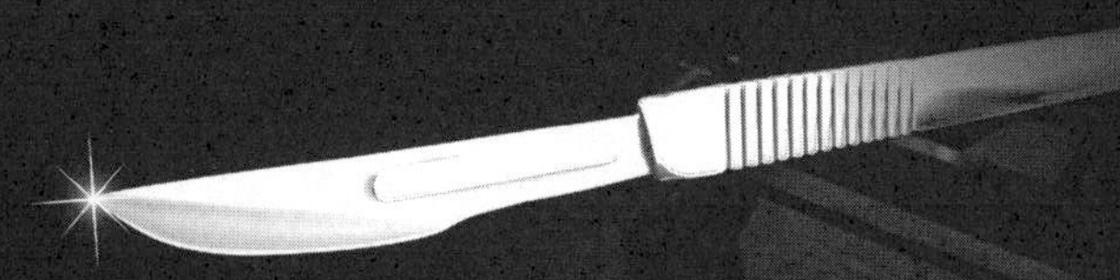

此次連環交通事故造成了大量傷病，長天大學附屬醫院的病房瞬間成了搶手貨。於是，今天長天大學附屬醫院的醫生成了紅人，患者的家屬想方設法地求醫生給安排個好病房。

儘管這群患者平時總是說醫生的不是，但今天卻都笑臉相迎，裏面也少不了遞紅包的。

曲峰在醫院裏混得相當不錯，主要是因爲他老爹給長天大學附屬醫院提供醫療器械，每年雙方的交易額都相當大，中間自然也少不了人情關係。

曲峰在醫院裏輕車熟路，到醫院的第一步就是先問護士病房。因爲加班和忙碌而脾氣暴躁的護士，對曲峰這個年少多金的貴公子也沒有往日那麼和氣，冷冷地丟了一句：自己找。

這護士就是剛剛向林軒索要住院費的那位，剛剛在趙燁那裏吃了憋，此刻當然要找回來，可憐的曲峰成了她的出氣筒。

曲峰覺得很沒面子，但現在沒時間發火，他只能將怒火壓下，帶著熊偉自己去找，同時心中暗暗記下這個護士的相貌，打算以後再治理她。

他們運氣很好，沒一會兒就找到了他們要找的人。

熊偉站在病房門口看了好一會兒，確定站在病床前的就是趙依依、趙燁以及穿著護士服的俞瑞敏，悄悄地對曲峰說：「就是這三個傢伙，一個主任醫師、一個是實習醫生，另外那個護士還是個學生。」

曲峰認識趙依依，這妖豔美麗的急救科主任曾經讓他垂涎三尺，無奈對方看不上他，曲峰雖然實力挺大，但也奈何不了趙依依，一直沒有機會。

原本曲峰想的是先去巴結林軒這個大領導再來幫熊偉出出氣，可現在他卻想到一個更好的辦法。

這是個好機會，他可以來個一箭雙鵰，曲峰本想在趙燁實習醫生的身分上做文章，可他很快改變了注意，因爲他有了更好的辦法，他想到一招借刀殺人，準備利用別人拉趙依依下馬，讓她失去一切，然後他就可以抱得美人歸，此謂一箭雙鵰！

借刀殺人的計策很簡單，他只要讓趙依依將這個病房的病人趕出去，然後把這間好病房讓給林軒的那位叔叔住，如果她同意了，那麼她就違反了醫院的規定，算是有把柄在自己手裏。

那時他不僅握著趙依依的把柄，還給林軒送了個人情，如果趙依依不同意，那就更簡單了，曲峰可以向剛剛參加宴會的人說，趙依依不給面子，拒絕讓出病房給林軒的叔叔住。

想巴結林軒的本地官員、商人多得是，這群傢伙自然會替曲峰收拾趙依依，一個科室主任在這群人面前弱小得如螻蟻，不用他動手，趙依依就會就範。

他還知道趙依依跟腫瘤科主任李中華為了院長的職務，爭得頭破血流，如此曲峰還能讓李中華欠他個人情。

曲峰突然覺得自己太聰明了，自我感覺良好的他走進病房，看都不看趙燁，直接對趙依依說：「趙主任好巧啊，竟然在這裏碰到你。」

「沒什麼巧的，我看你是特意過來的吧。」趙依依看都不看他一眼。

這間病房算是長天大學附屬醫院最好的單間病房之一，無論從設備還是環境來看，都是一流的。

垂涎這個病房的人自然不少，特別是在病房緊張這段時間，曲峰就是垂涎者之一，他來搶這個病房，就是想送林軒個人情。

可是他卻不知道，這病房就是林軒利用自己的影響力爭取來的，當然這患者的嚴重程度也應該住這樣的病房。

曲峰臉皮厚如城牆，根本不理會趙依依的冷嘲熱諷，笑著說：「趙主任果然冰雪聰明，這都讓你知道了，不瞞你說，你帶的這位實習醫生得罪了我的兄弟熊偉，看在我們是老朋友的面子上，我不會把他怎麼樣，但我也要給我兄弟個交代。」

熊偉就站在曲峰身後，一臉小人得志的模樣，似乎狗仗人勢也是很威風的一件事，忘恩負義更是正常的事，他的恬不知恥讓人噁心。

「你要什麼樣的交代？」趙依依停下手中的工作，緩緩說道。

兩人以爲她服軟了，於是更加高興，曲峰對熊偉使了個眼色，意思是該你上場表現了，熊偉也不客氣，擺出一副讓人噁心的嘴臉。

「很簡單，實習醫生立馬給我滾出醫院，然後給我父親弄個最好的病房，算是你們的補償。我看這個病房就不錯，最後你還要賠罪，至於怎麼辦，你就看著辦吧。」熊偉跟曲峰一樣都看好了這間豪華病房，不過熊偉是想將病房留給她父親。

趙依依氣得直發抖，她明白他們最後的意思，兩人色瞇瞇的眼神說明了一切，然而就在她要發飆，準備把兩人趕出去的時候，趙燁卻搶在她前面說話了。

「哦，你真要把這病人趕走啊？你可不要做得太絕了，難道這病人跟你有仇？」趙燁把胳膊交叉放在胸前，面帶微笑一副不在乎的樣子。

「少廢話，這裏沒有你說話的份。」熊偉厲色道。

「哎，你們想要這病房就直說麼，何必這麼費勁呢，爲什麼要把我也趕走呢？」趙燁歎氣道。

熊偉以爲趙燁害怕了，心中更加高興，得意地笑著對這趙燁說：「小子，後悔了吧。敢

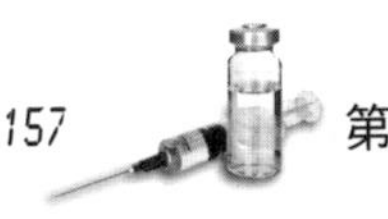

惹我的人不多，看在你給我父親手術成功的份上，你現在給我跪下磕頭，或許我能考慮原諒你，你不是不讓我父親進手術室麼？不是說我父親的傷，沒這床上的老傢伙重麼？現在我就讓你知道，我爹的命是多珍貴，他的一根頭髮都比你們所有人的賤命值錢。」

熊偉的惡劣品性此刻完全暴露出來，他的無恥卑鄙讓人痛恨，甚至連他的兄弟曲峰都覺得他太過分。

「生命對我來說是平等的，你的話我會替你轉告給這病人的家屬，或者我把他叫過來你跟他說？」

趙燁不慍不火的樣子讓俞瑞敏很生氣，她伸手在趙燁身上狠狠地掐了一下，然後氣呼呼地對他說：「你還是不是男人啊，怎麼這樣啊？」

「小妹妹，他不是男人，我才是男人，你跟我好了。」熊偉笑得越發囂張。

趙依依也不明白怎麼趙燁脾氣變得這麼好了，都有些窩囊了，在她的印象裏，趙燁可是一肚子壞心眼，不肯吃一丁點兒虧的人。

趙燁一句話也不說，慢慢悠悠地離開了，沒過兩分鐘他又回來了，他回來時並不是一個人。

「就是這兩個人，說他父親的命無比珍貴，當時在手術室手術也是他要搶手術室，當然沒被他們得逞，但也耽誤了我跟趙主任寶貴的手術時間，你知道急救都是按秒來計算時間的。」

「現在他們又要來搶這間病房，我實在沒辦法了，您知道我只是個實習醫生，他們想當面跟您談，好像他們的家屬是某位高官，按他們的話來說，人家的一根頭髮都比咱們的命值錢。」

趙燁指著兩個人不緊不慢地說著，句句如刀鋒掠過心頭，熊偉跟曲峰已經嚇傻了，他們看到趙燁身後站著一個人，因爲憤怒臉色鐵青，他緊握著拳頭一副要殺人的樣子。

這個人正是林軒，雖然退伍多年，可林軒依舊留有當年的火爆脾氣，此刻躺在病床上的是他的恩人，爲此他甚至破例動用了自己的權利，來爲恩人謀取更好的醫療條件。

「對不起，對不起，我們不知……」曲峰懊悔極了，他此刻恨死了熊偉，也恨死了自己，怎麼就鬼迷心竅聽了熊偉的話，怎麼就色膽包天去惹趙依依，更加痛恨自己想拍林軒的馬屁，這下好了，拍馬屁拍到馬蹄子上了，自以爲聰明的借刀殺人，結果是自殺。

他怎麼也想不到，病床上的老傢伙竟然就是林軒的那個老領導，更加想不到，趙燁竟然跟這個傢伙攀上了關係。

「滾出去，我不想再看到你們。」林軒的話冷冰冰的，兩人如遇大赦抱頭鼠竄，再也不敢回頭多看一眼。

「謝謝你，趙燁，我沒有給予你們足夠的尊重是我的錯，我知道，如果不是你們堅持，恐怕李叔也得不到及時的救治。」

「您客氣了，醫生做這些都是應該的，治病救人是我們的職責。」

林軒點了點頭不再說話，他將注意力全都放在病患身上。

趙依依心中竊喜，她沒想到危機竟然這麼輕描淡寫地就解決了，大家都看出林軒很有勢力，看看門口那群前來探病的本市領導就知道，趙依依覺得很幸運，如果這個患者是個平民百姓可就麻煩了。

趙依依突然有種感覺，她覺得趙燁笑得很奇怪，難道他一早就算計好了？

俞瑞敏也有同樣的感覺，每次趙燁使壞的時候都是這樣的笑容，忍不住問趙燁道：「你早知道？」

「嗯？就允許他們借刀殺人，不允許我借刀殺豬麼？」

佛家講究因果報應，趙燁雖然從來不信這個，但今天卻真正見識了因果報應，趙燁很職業很善良地救了林軒的老領導，然後得到了善報，而熊偉跟曲峰得罪了林軒，即使林軒不收拾他們，兩人也不會有好結果。

唯一讓他可惜的是沒有什麼實質性的獎勵，其實在趙燁猥瑣的頭腦裏，他想像了這樣一幅畫面。

林軒感激地看著趙燁，然後指著菁菁，嚴肅地說，我沒有什麼報答趙醫生的，今天就把侄女菁菁許配給趙燁吧，從此兩人白頭到老，百年好合。

想到這裏，趙燁發自內心地笑了，不過很快他發現當事人之一，菁菁不知道什麼時候也來了，而且看自己的眼神很不友善，他這才想起來自己剛剛放了人家鴿子。

「你們都出去吧，我一個人留在這裏就行了。」當兵的人都重感情，林軒尤甚，當年從死人堆裏爬出來的他身邊沒剩下幾個戰友。他們之間的感情，不僅僅是生死之交幾個字能形容的。

眼前的患者正是他的老戰友，更是他的老領導，此刻他還沒脫離危險，林軒獨自一個人守著病人，握著患者的手回憶著當年的往事。

趙依依看到那些平時在自己面前作威作福的傢伙，在林軒面前簡直如溫順的小貓。

她不是那種會讓機會從身邊溜走的人，於是她自告奮勇地值夜班，守在病房附近時刻準備根本不會發生的急救。

大出風頭的趙依依得到了現任院長龍瑞的肯定，而錢程卻被狠狠地訓斥了一番，這讓他非常鬱悶。

李中華似乎沒有感覺到絲毫不快，他完全放棄了與趙依依的院長爭奪戰。在這個車禍中，他沒表現出一點兒爭強好勝之心，只平靜地在急救中發揮他應有的作用。

權利的鬥爭與趙燁無關，他只是爲了手術而手術，治病救人是目的，學習手術、鍛煉技術、增長經驗更是他想要的。

手術讓趙燁覺這一天很充實，每一次手術趙燁都能明白很多東西，他覺得自己就像笑傲江湖裏的令狐沖，學了幾天獨孤九劍，掌握了其中奧義，目前欠缺的就是火候，他需要不斷參加實戰，進行實際操作，每次實際操作都讓他受益匪淺。

治病救人的好醫生有時候會很麻煩，很多醫生難以在工作與生活之間找到平衡點，因此在醫院中有一個非常有名的故事，大概意思是：一位年輕實習醫生非常想成爲頂尖的外科醫生，然後他就向其他老醫生請教，問什麼時候才能成爲頂尖的外科醫生，那位老醫生瞥了瞥他說，想要成爲頂尖的外科醫生很容易，等你的生活完全亂套了就可以了。

趙燁此刻才真正明白，成爲頂尖醫生要非常專注，需要大量時間，此刻他不過剛剛邁出走向頂尖外科醫生之路第一步。

生活已經開始混亂了，趙燁竟然把自己喜歡的女孩放鴿子，費盡心思才得到的機會，竟然就這麼溜走了。

走出病房，趙燁一直跟在菁菁後面，他覺得不能再放棄解釋的機會了，他覺得菁菁會原諒自己的。

趙燁走在菁菁身後，試著鼓起勇氣，他深吸了一口氣，卻很快又洩了那口氣，不知道什麼時候開始，趙燁開始懂得害羞了，不知道什麼時候開始，他面對菁菁時會緊張不安了。

過了好一會兒，趙燁終於鼓起勇氣，剛想開口，卻感覺有人在拉他的衣襟，回頭一看，竟然是俞瑞敏這個把自己打扮成蘿莉的傢伙。

「你幹什麼啊？」趙燁沒好氣地道。

「跟你借點東西，在手術台上我跟你說過的。」俞瑞敏沒想到趙燁竟然這麼凶，委屈地說。

「對不起，我現在沒時間，一會兒我去找你好麼，真的不騙你，等我一會兒，你要什麼我都借給你。」趙燁也注意到，自己態度太惡劣，於是又柔聲說道。

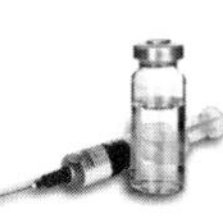

趙燁跟俞瑞敏說的話菁菁也聽到了，於是轉過頭來。今天的菁菁穿著晚禮服，畫著淡淡的妝，看起來很漂亮，除了那身衣服，其他都是她爲了與趙燁約會打扮的。

菁菁在醫院看到趙燁雖然很高興，可還是有些生氣，尤其氣趙燁犯了錯竟然還不過來道歉。於是一句話不說就準備離開。趙燁知道讓她走了就再也沒法解釋清楚了，於是趕緊拉住了她的手。

這不是趙燁第一次與菁菁肌膚接觸，可他還是有些激動，握著菁菁滑膩的小手，面對菁菁的怒容說道：「對不起，我不是故意的。」

俞瑞敏曾經見過菁菁，雖然只見過一次，卻至今印象深刻。那是兩個月前的早上，她去趙燁的出租小屋，同行的還有王鵬，他們看到這個女孩似乎在趙燁的出住屋過了一夜正好走出來。

當時她就懷疑兩個人的關係，現在看到這樣的場面，她更加確信兩個人的關係不簡單，雖不願意承認，可她知道兩人一定是情侶，她心裏有些難過，俞瑞敏喜歡趙燁不是一天兩天了，可趙燁卻根本不知道。

她看了看菁菁的胸部，又看了看臀部，最後又看了看她的臉蛋，俞瑞敏覺得自己沒戲了，無論哪樣都比不過眼前的美女，雖然她也好好打扮過，可怎麼也比不上人家，她非常想出去大吃一頓，每次生氣的時候她都喜歡吃東西。

趙燁沒注意到俞瑞敏的變化，他的注意力全在菁菁身上，再一次道歉道：「對不起，我真不是故意的。」

「你不是故意的，你讓我等了那麼久都不出現，難道不能打個電話麼？我不要再看到你了，也不再相信你了。」

趙燁看菁菁要走，於是再次拉住她的手說：「我真不是故意的，你看發生了連環交通事故。我正準備找你，卻被拉進了手術室。你知道患者是不能等的，哪怕是一秒鐘。」

「我不要聽，不要聽，就不相信你。」菁菁突然變得刁蠻任性起來，其實她也不是真的生氣，她在病房裏得知趙燁救了林軒叔叔的老上司，就已經原諒了趙燁。此刻只是女人對著男人撒嬌似的任性。

她不打算讓趙燁這麼簡單地得到她的原諒，她不知道爲什麼自己要這樣，也許是見到趙燁身邊有別的女孩子吧，又或者根本沒有原因，女孩子有時候就是讓人猜不透。

「啊，你身上有蜘蛛！」趙燁看著捂著耳朵的菁菁，突然指著她的衣服說。

「啊！救命啊！」菁菁尖叫道。

女孩多半怕蟲子，菁菁也不例外。

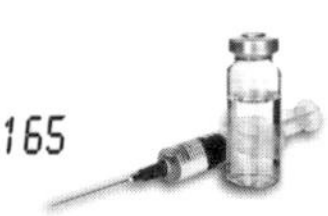

「你不是聽不到麼，我騙你的。」

菁菁這才發現自己上當了，也不顧得淑女形象對趙煒一陣粉拳亂打。

「我就知道你這麼善良一定會原諒我的，我真的在這裏做手術，不信你問她，跟我一起手術的護士俞瑞敏。」

女人見到女人的第一印象，就是這女人有沒有自己漂亮，俞瑞敏見到菁菁的時候是這樣，菁菁見到俞瑞敏也一樣，俞瑞敏的蘿莉形象，讓菁菁覺得這女孩很可愛。

「沒錯，他是在手術，我來這裏是想跟他借點東西，卻被他拉去幫忙做手術了。」俞瑞敏漠然道。

菁菁其實很高興，她自己都不知道爲什麼會這麼高興。她拉著俞瑞敏的手，輕輕地問道：「你要借什麼，我借給你，趙煒是個窮鬼，什麼都沒有。」

俞瑞敏突然變得很奇怪，吞吞吐吐地說：「我要借的東西你沒有啊。」

「不會吧，什麼東西他有我沒有啊？」

「你真的沒有，我想我應該單獨跟趙煒談談。」俞瑞敏有些臉紅。

菁菁怎麼也想不明白她要借什麼，趙煒也想不明白，他被俞瑞敏神神秘秘地拉到一旁，然後聽俞瑞敏說：「我要借你們男人才有的東西。」

趙燁打了個冷戰，趕緊跳到一旁說道：「你不是開玩笑吧，我這東西長在身上，怎麼能借給你，你不會是上次拿著這東西玩上癮了吧？」趙燁指的是俞瑞敏上次拿的人體海綿組織。

「我才沒你那麼變態，根本不是你想的那個東西，我……我只是要借點你的小蝌蚪。」趙燁將雙手放在胸前擺出一副誓死不從的樣子說：「小妹妹，我可是處男，那東西不能隨便給你，最主要的是我對你沒興趣啊。」

俞瑞敏看到他那副樣子差點氣死，沒好氣地道：「你別鬧了，我要你的小蝌蚪不是去孵化，只是做檢查，我們實驗課要用。」

醫學院很多實驗課很有意思，其中廣爲流傳的就是做精子常規實驗，因爲材料的特殊性，通常都是學生自備材料，這在男女比例失調的醫學院，尷尬是難免的。

俞瑞敏所在的護理系的課程跟臨床差不多，也要做這個實驗，可憐護理系男生一共也不到五個。加班累死他們也產不出那麼多材料來，很多材料還需要外借。

「早點說麼，嚇死我了，你們班其他的護士需要麼？要不我大義凜然地多貢獻點吧。」

「其他的事情你少操心，快點去弄，對了你需要那個……那個什麼電影麼？」俞瑞敏想說毛片，卻又說不出口。即使認識趙燁這樣的人這麼長時間，她依舊單純得如一張白紙。

「這個……讓我準備一下，有現成的爲什麼要看電影呢。」趙燁說著緩緩地走到俞瑞敏身邊，他臉上的笑容讓俞瑞敏很不安，她覺得那笑容很邪惡，讓人害怕，還有那雙眼睛，傳說中色瞇瞇的眼睛應該就是這樣的。

「他不會是想對著我做那個吧？」俞瑞敏心想，她感覺臉在發燒，全身緊張，心跳得厲害。

俞瑞敏一步一步後退，而趙燁則一步步靠近，她覺得雙腿發軟，就要站不住了。她似乎能感覺到趙燁的呼吸以及男人身上特有的味道，俞瑞敏想要喊叫卻怎麼也叫不出來，想要反抗卻又沒有力氣，害怕得她本能地閉上了眼睛，面色緋紅，心怦怦亂跳。此刻的她猶如一直待宰的小羊羔。

「嘿！你緊張個啥，我又不會對你怎麼樣，我對你可沒興趣，好了，材料我已經準備好了。」

從魔掌中逃出來的俞瑞敏，像隻小兔子般跳開，臉蛋紅撲撲的煞是可愛。

「你弄好了？這麼快？」她不敢相信趙燁竟然能這麼快弄好。

「當然，你以爲我真的會做那個啊，我可是純潔的人，才不會幹那種事，走，去護士站偷點病人準備送檢的材料吧。」趙燁白了她一眼道。

「那病人怎麼辦？」

「你做完檢查把結果送來不就完了，還能幫他省錢。」

「可是……」

「難道你要我的？那我來了。」趙燁露出邪惡的笑容。

俞瑞敏不敢再多留一分鐘，飛快地逃跑了，她恨趙燁恨得牙癢癢，一邊跑一邊說：「死趙燁，臭壞蛋，就會欺負我，就想趕我走，然後去找漂亮的菁菁，混蛋趙燁，我恨死你了……」

看著面色緋紅的俞瑞敏，手裏提著保溫箱猶如小兔子一般逃跑了，菁菁還很奇怪，沒等她發問，趙燁就走到她身邊，猶如紳士一般問道：「這位同學，請問你是在等你的男朋友麼？」

「我沒男朋友。」菁菁說。

「那你可要小心了，我對女生可有極大的殺傷力。」趙燁眉毛一翹說道。

「哦，那你有女朋友麼？」菁菁反問。

「這個通常是美女們討論的問題，我原本也不太清楚，但是我想馬上就有答案了。」趙燁一副深思的樣子。

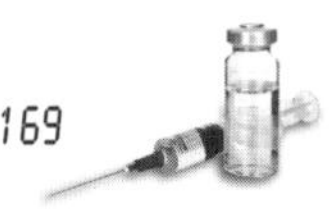

菁菁被趙燁弄得不知道應該笑還是應該生氣，揚起左手看了看時間，天色已經不早了，今天原本應該是個完美的夜晚，擁有激動人心的約會，可今晚發生了太多事。

趙燁突然很溫柔地抓住菁菁的手，然後柔聲道：「我有答案了，你就是答案，你就是我的女朋友。」

菁菁表現出一貫的羞澀，她一直期盼趙燁能說出這樣的話，可當她真的面對時，卻又不知所措。

趙燁不等菁菁回答，抬起她的下頷，吻如羽毛般輕輕落在菁菁的朱唇上。

這個夜晚發生了太多的事情，沒有激動人心的約會，卻依舊是個完美的夜晚。

手術是外科醫生的生命，他們可以沒有生活卻不能沒有生命。老一輩醫生們說得好，什麼時候生活亂得一團糟，什麼時候就是好醫生了。

甚至到了醫患關係緊張的現代社會，醫生們都開始說好的醫生都應該下地獄。下地獄是誰都不想的事情，雖然人人都想當好醫生，卻沒有人想下地獄。

趙燁曾經覺得這不過是玩笑話，可在這車禍之後他明白了，爲什麼好醫生要下地獄。醫院裏黑幕重重不說，就連患者都開始干擾治病。

有錢、有權的干涉醫生判斷，搶佔最好的醫療資源。趙燁這一次所遇到的並不是偶然，不知道多少有權利的傢伙最後入院卻能最先進行手術。

趙燁是個實習醫生，實習兩個字排在醫生前面，說明了他主要還是學習爲主，作爲醫生，治病救人則排在後面。

在醫院裏學習醫術自然不用說，事實上趙燁也很努力的在學習，儘管他時不時的來個一鳴驚人，當個幕後黑手，幹出一些實習醫生不應該幹的事情。

除了醫術，趙燁還在學習醫德，中國傳統醫學特別注重醫德，趙燁學的是臨床醫學，理論上是不分中西醫，事實上趙燁的確中西醫都學了幾手。

在作爲實習醫生的這段時間有兩位老師對趙燁影響最大，第一是李傑，被稱爲醫聖的李傑醫術自然不用說，至於他的人品及醫德，更是在他醫聖的稱號上表現得淋漓盡致。

當初李傑選擇收趙燁當弟子，也是因爲趙燁品行不錯，江海把東西傳給趙燁的理由和李傑差不多，這個祖上出過幾位御醫的老人更加注重醫德。

趙燁是個好人，更是個好醫生，起碼在對待良善的時候，趙燁從來不使壞。這一點上，趙燁永遠都不會變的。

長天大學附屬醫院距離車禍的事發現場最近，所以他們承擔起了最重的急救任務，在患者傷勢穩定了以後，才轉到其他的醫院。

但一些較重的患者還是留在長天大學附屬醫院。這個夜晚很多醫生加班。趙燁作爲實習醫生應該留下，可他卻第一次開小差跑掉了。

理由是菁菁。

趙燁今天夜裏沒有當一個完美的好醫生。

如果他再選擇値班，恐怕這愛情就泡湯了。爲了救人，他已經放了菁菁鴿子。所以在這個夜裏，在有趙依依値班的情況下，趙燁牽著菁菁離開了醫院。

趙燁是個好醫生，可他更是個凡人，如果有患者非他不能救，或許他會對菁菁說抱歉，然後留在醫院，但在可有可無的情況下，就不一樣了。

於是趙燁輕輕地吻了菁菁。

醫院中不認識趙燁跟菁菁的患者們，以爲他們是車禍後劫後餘生的小情侶再次重逢。對於這個甜蜜的吻，大家紛紛以熱烈地掌聲表示支持。

趙燁臉皮雖然厚，可面對著大家也是有點不好意思，於是拉著菁菁落荒而逃。而菁菁這個羞澀的女孩甚至不敢抬頭，任由趙燁帶著她離開。

所謂時勢造英雄，殘酷的車禍卻讓醫院湧現出一批不起眼的醫生，緊急事件最能檢驗人的價值，長天大學附屬醫院雖然算不上國內頂尖的醫院，然而卻是出了名的藏龍臥虎之地，不說二十年前那位神一般技藝的醫生，即使最近幾年這醫院也先後有無數醫生一飛沖天，走在各個行業前線。

這次，長天大學附屬醫院在重大事故的處理上做得非常完美，沒有人死亡，無論是院長，還是市裏的領導對此都非常滿意。

其中最耀眼的明星，無疑是急救科的主任趙依依，急救科本來就應該在突發事件中起決定性作用。

急救科一時間成了人們羨慕的對象，幾乎所有的醫生都在羨慕趙依依，羨慕她運氣好，隨便救一個人竟然就是有深厚背景的老領導。

在酸溜溜的羨慕中，人們忘記了，忘記了他們在搶救傷患時是怎麼避重就輕，害怕承擔責任，他們也忘記了，那位衣著樸素騎著自行車看起來沒有錢治病的老人誰都不敢救，他們更加忘記了，這手術是多麼難。

在趙依依耀眼的光芒下，很多人沒有忽略趙燁這個人，特別是在他當眾吻了菁菁以後。

林軒第一次來長天大學附屬醫院的時候，沒有人知道他的身分。可是現在，人人都知道這位無論何時都正襟危坐的中年男人，就是下來視察的主任，同時也都認識了那個經常跟在他身邊撒嬌的漂亮女孩，菁菁。

對於菁菁的身分，多半人都看得出來，菁菁應該是他女兒或者侄女。

在長天大學附屬醫院裏，曾經流傳過趙燁半夜從趙依依家中出來過，還有幾個人信誓旦旦地證明親眼看到了。

今天，醫院大多數人都看到趙燁跟菁菁接吻，看到他們牽著手離開。

一時間醫生們開始羨慕趙燁的豔福，兩個都是人間絕色，一個成熟妖豔，另一個美麗大方；一個位高權重，另一個家世顯赫。

這兩個女人幾乎成了夢中情人的典範，不僅擁美在懷，更在事業上得其助力一飛沖天。

趙燁可沒想那麼多，他拉著菁菁，在人們的目光中逃離了長天大學附屬醫院。

趙燁知道自己有些心急，菁菁是他喜歡的女孩，他想把握住她，雖然放鴿子的理由很偉大很充分，可菁菁畢竟是女人，無論多麼有理由，她都有權利生氣，因爲她只是個需要關愛的女孩子而已，但僅僅是生氣，僅此而已。

患者們都住進了病房，醫院沒有了白天救護車圍繞的喧囂。菁菁依偎在趙燁身邊，兩人在空曠的街上漫步。

平靜地走在一起的兩個人心中並不平靜，從趙燁說出做我女朋友那一刻起，從兩人接吻的那一刻起……

夜色迷人，如果是平時，趙燁或許會很無賴地說，我知道一家酒店，床很大很軟很舒服，要不要去試試？

但今天，趙燁卻怎麼也說不出來。他用心體會著兩人之間這溫馨的一刻，路途很長，但卻感覺走得很快。

送菁菁到宿舍樓下，趙燁摸了摸她的頭髮說：「上去吧，明天我給你打電話。」

菁菁點了點頭，準備上樓，但沒走出幾步，突然又轉過身來，親昵地在趙燁臉上輕輕地一吻。

「不要明天才打電話給我，今天晚上就打。」

趙燁沒想到這個羞澀的小妮子會變得這麼大膽，雖然夜深人靜，可這對菁菁來說，還是需要很大的勇氣的。

趙燁摸了摸剛剛菁菁吻過的臉頰，努力回憶著那種感覺，似乎有些不敢相信，漂亮的菁菁就這樣成了他的女朋友。

最後趙燁笑了，曾經他的生活就像一杯溫水，喝下去不燙人，卻也不會冷徹心扉，他就是千萬大學生中的一員。

趙燁在學習上不突出，在業餘愛好上也沒有什麼驚人之舉，多數人對這種生活頗有怨言，怨恨老天無眼，怨恨社會不公，淡定的趙燁從來沒那麼想過，他堅持訓練，從大一開始每天切切砍砍、縫縫補補、去解剖室……機會總是留給有準備的人，趙燁能有今天，並不是偶然。

他站在樓下，看著菁菁回到宿舍，這才起身離開，

雖然他只是個實習醫生，可有好幾個患者都是他經手的。原本打算回出租屋睡覺，可又對醫院裏的患者不放心，在趙燁心裏，那幾個患者，就是他的病人。

送菁菁回去以後，趙燁又原路返回慢慢走回醫院，長天大學附屬醫院占地面積頗廣，除了幾棟建築物外，醫院種滿了各種植被，平時病人不願意待在病房時，都喜歡出來走走。

但那是在白天，晚上很少有人出來走動，可在趙燁回到醫院的時候，卻看到一個模糊的人影坐在那裏吸煙。

趙燁開始以爲是患者，可走近一看竟然是熟人，李中華。

第九劑

解脫

命運掌握在別人手中並不好受，可李中華卻將此看得很淡，他甚至覺得這次失敗對他來說是種幸運。

起碼他從權力鬥爭中解脫出來了，此刻的他，唯一求的就是繼續當他的腫瘤科主任，迷失在鬥爭中那麼久，他真的想做點什麼了。可命運不掌握在自己手裏，他又拉不下臉去求趙依依，此刻他能做的已經是極限了。

趙燁快步趕上李中華，與他肩並肩走在一起道：「我們一起回去吧。」

趙燁沒想到會在這裏看到李中華，這位曾經無限接近長天大學附屬醫院院長職位的人，現在一臉疲憊。

此刻趙燁才注意到李中華鬢角的白髮，以前他一直忽略了李中華的年齡。競爭院長失敗後，李中華老態盡顯，這讓趙燁多多少少有些愧疚。

李中華看到趙燁也吃了一驚，隨即露出一臉慈祥。

「坐！」李中華指著身邊的石椅說。

李中華是那種讓人猜不透的老狐狸，趙燁不能對他沒有一點兒防備之心，可他還是坐下了。

「來上夜班？」李中華抽出一支煙點上，緩緩開口問道，又遞給趙燁一根。

趙燁拒絕了李中華遞過來的煙說：「是的，我來幫忙，李主任你怎麼也沒下班？」

「剛剛從手術台上下來。」

「那您好好休息，我先上去了。」趙燁起身準備離開。

「等一下，我們一起上去吧，陪我聊聊天好麼？」

李中華吐了口煙後繼續說道：「你不要誤會，我就是想跟你聊聊，沒別的想法。」

趙燁猶豫了一下，又坐下來對李中華說道：「您要說什麼，我想您應該挺恨我的，如果不是我在你那裏偷了個病人，趙依依主任也不會跟你作對，也不會出這麼多事。」

「該來的總會來，這不怪你，更不怪任何人。俗話說五十而知天命，我快六十了才真正明白，這就是命運。」

李中華雖然面帶笑容，可趙燁卻感覺到一種淒涼，就像英雄末路的感覺。

以前的李中華主任不但精力充沛，而且看起來只有四十幾歲，以至於趙燁經常忽略他的真實年齡，現在的李中華是真正的老人了，一位六十多歲的老人。

一棲兩雄，李中華註定要與趙依依對立，兩人註定要有失敗的一方，李中華雖然看似可憐。但如果是他勝利了，恐怕趙依依連博取同情的機會都沒有。趙燁雖然憐憫李中華，卻也明白這個道理。

李中華對趙燁其實不差，開始還很欣賞他。這些趙燁都知道，這也是趙燁陪著李中華說話的原因。

「我現在只想安安穩穩地退休，可是我腿腳有些不好，我聽說你們趙依依主任對這方面挺有研究，想讓她幫我看看病，否則我連幹到退休都有問題了。」

李中華說得很清楚，我能不能退休都看趙依依一句話。趙燁雖然是學生，可這話也聽得懂，聽著這話頗感淒涼。

「放心，趙主任會幫你治好的，您可是醫院的一寶，沒有了您，醫院損失可大了。」

李中華聽了趙燁的話後笑得很開心，今天他見趙燁就是爲了說這些話，雖然他輸了，但是以他的脾氣，這麼認輸還是很難的一件事。

他這麼做只是爲了保留一點尊嚴，爲的只是能在醫院多幹幾年。李中華抬頭看了看月亮，然後對趙燁說道：「謝謝你幫我傳話，上次來腫瘤科你沒能完成實習，如果想來，腫瘤科隨時歡迎你。」

李中華說著站了起來，身影漸漸消失在夜色中，此刻他覺得自己應該痛苦，可他卻絲毫沒有這樣的感覺。

相反他覺得很輕鬆，不管結果如何，對他都是一種解脫，李中華爲了這個院長謀劃了很久，從當年與龍瑞競爭院長開始，他就在拚命向上爬，第一次失敗讓他痛苦很久。在那之後他更拚命了，這次與趙依依競爭，讓他耗盡了心血。

雖然失敗了，卻也讓他輕鬆了，不用再想那麼多事情了，更不用擔心什麼了。

現在的李中華想得很開，如果被趙依依掃地出門，那麼他就退休回去養老。如果趙依依能寬宏大量地讓他留下，他就繼續當腫瘤科主任。

如果能留下繼續當腫瘤科主任，他將會把全部精力放在臨床上。上次和趙依依比拚手術失敗後，他才發現，他不是老了，而是技術退化了，忙於爭鬥，忙於其他事情，將本行耽誤了太多。

命運掌握在別人手中並不好受，可李中華卻將此看得很淡，他甚至覺得這次失敗對他來說是種幸運。

起碼他從權力鬥爭中解脫出來了，此刻的他，唯一求的就是繼續當他的腫瘤科主任，迷失在鬥爭中那麼久，他真的想做點什麼了。可命運不掌握在自己手裏，他又拉不下臉去求趙依依，此刻他能做的已經是極限了。

趙燁快步趕上李中華，與他肩並肩走在一起道：「我們一起回去吧。」

李中華笑著拍了拍趙燁的肩膀，他開始喜歡這個實習生了。曾經的朋友因爲他的失敗而漸漸疏遠他，可這個實習生卻能與他一起走進醫院。

趙燁覺得自己天生就是受累的命，明明離開了醫院，卻非要跑回來值夜班，原因很簡單，他放心不下白天那幾個做了手術的人，非要自己盯著生命監視儀才行。

跟著李中華一起走進長天大學附屬醫院的趙燁讓其他人頗爲不解，這兩個人是什麼關係，說是死對頭、仇人都不爲過。

沒趙燁這小子出來攪局，李中華穩坐院長寶座，按理說李中華應該恨他，可這一老一少肩並著肩走進醫院時，看起來卻像相交多年的老朋友。

這兩人一個是科室主任，一個是實習醫生，都不是值夜班的主，可這兩人卻都跑回醫院忙了一夜。

疾病是一個動態的發展過程，很多疾病不是一眼就能看出來的，要瞭解病史，甚至要觀察一段時間才能得出結論。

這也是趙燁來值夜班的原因，患者的傷病牽動著他的心，他想知道患者身體的恢復情況。

第二天早上，趙燁精神抖擻地跟著趙依依查房，這次交通事故也算史無前例。不僅醫院非常重視，市裏的領導以及民眾都在關注這件事，第二天早上還有電視台來進行採訪。

當然這些都不影響趙燁他們看病人，電視台的記者喜歡怎麼拍就怎麼拍，醫生該怎麼治病救人，就怎麼治病救人。只是在鏡頭上看不到醫院走廊的加床，看不到躲在辦公室裏抽煙的醫生而已。

患者們大多病情穩定，只有極少數患者依舊昏迷，需要繼續觀察病情。

兩人慢慢的走到林軒待了一夜的病房。

趙依依今天破天荒的沒有化妝，但並不影響她的美麗，整潔的白大褂，高挑誘人的身材透著一種知性美。

趙依依不化妝是因爲她覺得一個科室主任應該端莊大方，她太年輕，化妝給人感覺不夠沉穩。這麼做的原因是她有位特殊病人，林軒的老領導。另一個原因是，她即將成爲院長，領導幾百個醫生的院長要有個領導的樣子。

走進病房之前，趙燁想起昨天李中華的囑咐，於是簡單地跟趙依依說明了情況，同時說出了自己的看法。

「李主任無論怎麼說都是長天大學附屬醫院，過去二十年最出色的醫生之一，這樣的人不應該提前退休，我覺得這樣的老專家即使退休了也要返聘回來。」

趙依依對李中華的表現有些吃驚，她不是趙燁，她可不相信李中華會這麼簡單地息事寧人。

趙依依隱約感覺，李中華似乎有什麼陰謀，可她又不能確定。

雖然李中華失敗是不可避免的，但他完全可以憑藉自己的勢力繼續留在長天大學附屬醫院，根本不用向趙依依低頭。

「你不用擔心，我看他挺真誠的，你們與其爭鬥下去不如和好如初。你執掌醫院以後，有李中華幫忙會好很多。」

「哎，我下班以後去看看李主任吧，現在不談這個，我們去見病人。」

病房裏的林軒一夜未眠守著患者，軍人出身的他，無論在那裏都是軍人做派。即使一夜未眠疲倦萬分，仍然一絲不苟地正襟危坐。

病床上的患者還沒清醒，雖然手術成功了，但不能保證患者能立刻醒來，手術沒有那麼神奇。醫生是人，不是神。能不能醒來不是醫生說了算，他們只能盡力而爲，剩下的就是聽天由命。

趙依依小心地給患者做體檢，聽診、觸診……趙依依一絲不苟地檢查著。她明白，怎麼檢查，患者都不會醒過來。

她很想討好林軒，事實上她一直都在這麼做，治癒這個對林軒來說很重要的患者是趙依依此時最想做的，可是，以目前的情況來看，很難。

患者年近七十，這類老人大手術後恢復得都不是很好。

趙依依摘下聽診器，緩緩地向林軒說道：「目前病情穩定，以現在的情況來看，恢復清醒不難，但是能恢復多少卻不能確定，要看他什麼時候能醒過來。」

林軒沒有太大的反應，只淡淡地說：「有沒有什麼辦法可以幫助他恢復，中醫行不行？」

「我們目前沒有什麼特別的方法，中醫的話或許有辦法，要不我找中醫科的專家來會診？」趙依依試著問道。

「那就麻煩趙主任幫我找中醫來會診。」

趙依依點了點頭，長天大學附屬醫院的中醫基本都是擅長治療風濕病的，因為這方面西醫沒什麼辦法，而且中醫科的醫生多半是科班畢業，沒有特別厲害的中醫。

要知道，真正厲害的中醫多半不是上過大學的，而是從小跟著師父學習了十幾年的那種中醫。

走出病房後，趙依依還在想到底請哪位中醫來會診，這時趙煒卻提出了問題：「那患者深度昏迷，藥肯定吃不下啊。」

「吃藥是小問題，不行我們插管灌進去，現在的問題是我想不到中醫科哪位醫生能妙手回春。」

「哦，遠在天邊近在眼前，一服藥保證清醒。」趙煒笑著說。

「你有辦法？什麼藥那麼神奇？」趙依依一臉的不信。

「你可以不相信我，但你不會不相信江海醫生吧，他可給我留下不少中藥方劑。」

權利是個好東西，醫院裏原本不會給患者熬中藥，可趙依依不知道從哪兒弄到個爐子，加上幾塊蜂窩煤。小藥壺在爐子上歡快地冒著氣。如果不是林軒，恐怕趙依依不會親自動手熬藥，最多把藥給患者讓他自己去弄。

趙依依除了想要討好林軒外，還有個原因，就是林軒身邊實在沒什麼能幫忙的人。再者，這藥配方絕密，熬起來也有許多講究，換了別人她還真不放心。

江海不愧祖上出過幾代御醫，他留下的中藥很神奇，昏迷不醒的病人服下一劑藥後，面色漸漸紅潤起來，過了不久竟然睜開了眼睛。

這神奇的效果讓人驚歎，林軒毫不掩飾自己的欣喜，拉著患者的手，淚水不住地順著臉頰往下淌。

其實，灌藥的時候趙燁還有些擔心，床上的病人到底能不能醒，他也沒什麼把握，江海留下來的東西太多了，雖然他是很厲害的中醫，江家更是御醫世家，可沒人能保證那麼多東西都百分百有效，特別是由趙燁這個半吊子中醫來用藥，萬一遺漏了什麼，就不好說了。

當然這藥即使吃不好也吃不壞，大補元氣的藥物即使不能讓患者立刻清醒，也能促進其恢復。

林軒拉著病人的手好一會兒才鬆開，躺在床上的病人剛剛清醒，神智還不清楚，但清醒了就說明已經脫離了危險，不會變成植物人或者遺留什麼精神障礙。

「患者需要休息，現在已經清醒了，您不用擔心了，過一會兒再來探望吧。」趙依依輕輕地對林軒說道。

林軒明白這個道理，患者清醒了，他也不用擔心了。而且一天一夜沒睡覺的他，此刻也十分疲累。

站起來低聲說道：「謝謝你們，李叔能保住性命，全靠你們。」

「這是我們的職責。另外，這藥還要感謝趙煒，沒有那藥，患者也不能恢復這麼快。」趙依依謙虛的同時不忘說出趙煒的功勞。

林軒點了點頭，趙依依雖然這麼說，可他知道自己欠了人情。

他做官也十幾年了，當然明白趙依依想的是什麼。林軒不是那種以權謀私的人，卻也不是不會運用權力的老頑固。

「這是我的電話，以後有事可以直接打這個電話找我。」林軒說著抄給趙依依一組數字，這是他的私人電話，可以不通過秘書直接找到他。

他把電話給趙依依，明顯是在告訴她會給她回報，如果趙依依有事情他可以幫忙，當然林軒不會幫她做違法的事。

趙依依能攀上林軒不知道讓多少人羨慕。在外行人眼裏，醫生結交權貴似乎非常容易，只要你醫術高明，只要你名聲夠響亮，無論什麼人都會生病，生病了自然會來找你。

這也是在普通人眼中覺得醫生很厲害的原因之一，但是他們都忽略了，只有最頂尖的醫生才能有這種待遇，而當一個頂尖醫生實在太難了。

林軒抄完電話號碼就準備離開，離開之前他又想到了什麼，轉身對趙燁說道：「你跟我來一下。」

趙燁因爲昨天睡眠不足，再加上此刻太過無聊，因此有點犯睏，多虧趙依依推了他一把才反應過來。

林軒叫我幹什麼？趙燁暗道，難不成是要感謝我？是因爲那服藥？

趙燁帶著滿腹狐疑跟在林軒後面走出病房，林軒的秘書原本也跟在身後，林軒卻讓他先回去了，然後單獨帶著趙燁走出了醫院。

一路上林軒半句話都沒說，一直走到醫院門口才開口道：「中午了，陪我吃個飯吧。」

趙燁本想拒絕，卻沒說出口，因爲林軒的表情明顯是不容拒絕的。

沒有秘書跟隨的林軒沒開車，他帶著趙燁步行到附近一家餐館，簡單點了幾個菜，醉翁之意不在酒，吃飯不過是個幌子，很快他便進入了正題。

「我以前是軍人，也許你不會明白我們戰友之間的友誼，特別是真正上過戰場，一起從死人堆裏爬出來的戰友。這次謝謝你救了李叔，當年是他把十七歲的我從死人堆裏背出來的。」

「這是醫生應該做的。」

林軒很喜歡趙燁這種心態，如果是別人，或許他會覺得不過是客氣話，可李傑的弟子趙燁絕對不會。

「其實菁菁的父親也是我的戰友，我們一起在戰場上出生入死。菁菁雖然叫我叔叔，但我是看著她長大的，一直當她是親生女兒。我很瞭解她，我看到你第一眼，我就知道你是她男朋友。」

「你是個好醫生，是個好人。但我覺得你跟菁菁不合適，你明白我的意思麼？你們兩個不是一個世界的人，現在或許很快樂，但你們終究不能在一起。我不是那種封建老頑固，講究門當戶對，更不會看不起你。事實上我知道你很多事情，我還認識你的老師李傑。可是你終究跟她不在一個世界。」

趙燁開始還以爲林軒是來感謝他的，卻沒想到感謝變成了棒打鴛鴦。菁菁的身分趙燁原本不知道，可現在多少猜到了幾分。

林軒雖然只是個主任，卻是省裏的實權派，菁菁的父親作爲林軒的戰友，估計也不會差多少。菁菁平時穿著打扮很是講究，這點趙燁知道，早就猜到菁菁出身富裕家庭，可怎麼也沒想到還是低估了菁菁的出身。

趙燁出身平凡，雖然也是生在城裏，可父母都是普通的工薪階層，比起菁菁是天上地下，說起來還真不是一個世界的人，他與菁菁的交集或許就是上了同一所大學而已。

林軒點燃一支煙，吸了一口道：「其實我們沒有看不起你，所謂不是一個世界的人並不是說你的出身，相反我很欣賞你，我當年也是從農村走出來的，菁菁的父親也是，說起出身低微沒有人比我們低微。所謂兩個世界，是說你們以後發展的方向，菁菁的未來在國外，確切地說是在歐洲。」

「歐洲？」趙燁疑惑地問道。

「她從小學習鋼琴，鋼琴就是她的生命，想要學好鋼琴唯一的辦法就是出國，在國內沒有名師。另外，出國留學一直是她的夢想，我想她不會放棄。」

「還有，她跟我們那個年代不同，上個大學就可以鯉魚跳龍門，事實上菁菁的優勢不在學習上，她一出生就註定了她的地位，她與我們不同，她不需要奮鬥。她需要的就是走上層路線，你明白麼？」

什麼是上層路線趙燁不清楚，卻也知道跟他不搭邊，他只是個小醫生。即使是醫聖李傑的弟子也只是個小醫生。

醫聖又如何，在這些高官眼中，李傑不過是個醫術高超的狂徒而已。

趙燁並不懷疑林軒，他還記得菁菁在海市的時候，問過他關於出國的事情，那時趙燁還以為是玩笑話。

「你會離開菁菁的是麼？我不想讓她在離開之前還有牽掛。」

「抱歉！我雖然是個小人物，可我也知道什麼叫上進，我想我不會一輩子都是個小醫生。」

林軒吐了個煙圈道：「菁菁三個月以後離開，你覺得你們會有結果麼？你們剛剛開始不久，斬斷情絲還容易，不要到了那時痛徹心扉。」

三個月？趙燁有些不敢相信，菁菁從來沒告訴過他出國的事，他也沒想到菁菁竟然要出國，而且這麼快，去那麼遠的地方。

在長天大學讀了五年書的趙燁，遠比大二的菁菁知道得多，他見過無數畢業那天分手的情侶，他們的感情不可謂不深厚，可現實太殘酷，他很明白什麼叫做現實的無奈。

他跟菁菁的問題，趙燁曾經想過很多，他不想跟那些人一樣，在畢業那天失戀。

趙燁十分謹慎地對待愛情，他考慮過未來，他是個醫生，還是個技術不錯的醫生。他可以在任何城市的大醫院找到高收入的體面工作，那時他可以遷就菁菁，找一個她喜歡的地方安家。

可他沒想到，那個城市在歐洲……

對於出國，趙燁想都沒想過，先不說中國的醫生外國人並不認可，就連外語，趙燁也只會一丁點兒。

他更沒想到菁菁的身分竟然是官家之女，跟他相比，兩人的確差了不止一個層次。

「你好好想一想吧，菁菁很單純，我不希望她受到任何傷害。」

「其實你多慮了，菁菁不會受到任何傷害，相反她跟著我會很快樂，無論在歐洲也好，在國內也罷，都會快樂。」

「我喜歡你的個性，但你太年輕看不清現實的殘酷，這樣吧，給你一個月時間離開菁菁，你們以後還可以是朋友。」

「不，菁菁是我女朋友，如果她不願意離開我，她就是我未來的妻子。」趙燁少有如此嚴肅的時候，他不輕易下承諾，可一旦承諾就是一言九鼎。

趙燁很平凡，從小到大就沒有做過什麼特別出風頭的事，小時候從來不打架，不蹺課，學習也算不上突出，屬於那種掉在人堆裏找都找不到的類型。

可平凡的人不代表著平庸，平淡的生活讓他心中有一團烈火。

沒有人生來註定平庸，更沒有人願意平庸。

趙燁更是如此，他從來不覺得自己笨，從來不覺得自己做好什麼事情，相反他覺得只要自己認真做事，就不會比任何人差。

在大學中，他漸漸的成熟，不再是那種貪玩任性的孩子，他開始考慮未來，甚至還傻裏傻氣的相信長天大學那個美麗的傳說。

一些錄影光碟，表皮泛黃的書籍，他按照裏面的訓練方法一練就是四年多，沒有人比他執著，或許比他聰明的人很多，可沒有人真正如趙燁一般學習到如此多的東西。

現在的趙燁依舊堅持每天的訓練，那是心中的一份執著。趙燁很現實，他知道自己不努力就會被別人趕過。

同時現實的他也知道，他不想放棄菁菁，他甚至已經將菁菁當成未來的妻子，可這一切的決定權不在他手裏。

一個巴掌拍不響，菁菁如果跟林軒有相同的想法，那趙燁就真的沒轍了，不過趙燁很瞭解菁菁，他知道菁菁不會離開他。

林軒也瞭解菁菁，他雖然出身貧寒，對趙燁這個努力奮鬥的實習醫生有好感，可爲了菁菁的幸福，他不會退讓，即使趙燁是他敬愛的李叔的救命恩人。

「如果你要跟她在一起，那就必須跟著她一起出國。不在一起的愛情是不會有結果的，山盟海誓在距離面前不過是空話。出國並不難，但是出國當醫生卻不簡單，據我所知，國外並不承認中國的醫療教育，特別是嚴謹的歐洲。」

「菁菁會出國留學一段時間，如果你能同她一起出國，我沒有任何異議，相反我會祝福你們，如果你不能，抱歉，我會把這份祝福留給其他適合菁菁的人。」

「菁菁的眼界很高，喜歡上你並不是因爲你優秀，而是你身上有某種特殊的東西吸引了她。說句真心話，我並不看好你們兩人能長久。」

趙燁能理解林軒的話，如果自己處在林軒的位置，恐怕也會看不起一個小醫生，但趙燁自己清楚自己到底是什麼樣的人。

他不僅是個小醫生，還是個沒畢業的小實習醫生，更是個不想出國的實習醫生，趙燁不是那種不上進的人，出國是很多人的夢想，可趙燁卻沒想過要出國。

國內有自己的父母，他是獨生子，不可能丟下父母在國內，自己跑出去追求愛情。再者，他在國內還有很多事情沒完成，江海留下的中醫典籍他還沒整理，江海的遺願還沒完成。另外，趙燁跟明珠集團旗下易盛藥業的合作才剛剛開始……

讓趙燁拋下一切去追逐愛情很難，趙燁喜歡菁菁不假，可他不是頭腦發熱神智不清的小孩子。

「菁菁的夢想就是能在古典音樂的發源地歐洲，舉辦自己的鋼琴獨奏音樂會，這是她的夢想，絕對不會放棄的目標，你別想說服她留下。」這是林軒對趙燁說的最後一句話，更是讓趙燁回想最多的一句話。

菁菁是個很獨立的女孩子，從她一個人跑去海市參加鋼琴比賽就可以看出來，她決定的事情不會輕易改變。

同時她也是個天真的女孩子，對於愛情可以戰勝一切這種不著邊際的理論深信不疑，而她的愛情此刻才剛剛開始。

菁菁當然不知道她的叔叔林軒會找趙燁談話，作爲一個漂亮的女孩，她總是很貪睡。充足的睡眠讓她擁有讓人羨慕的皮膚。

第二天一早她醒來的時候，宿舍裏已經沒有什麼人了，她起床簡單的收拾了一下，就趕到醫院，第一是看看她的叔叔林軒，她有些擔心叔叔的情緒。其次則是趙燁，這個讓她一夜沒睡好的傢伙。

到了醫院的時候，菁菁正好碰到要準備離開醫院的林軒，此刻的林軒剛剛從病房出來，患者清醒了一段時間以後又昏昏沉沉睡了過去，不過這不要緊，患者的恢復只是時間問題。因此林軒才能放心，因此他才分心到菁菁的身上。

林軒不會對菁菁說什麼分手的話，那些話他只是對趙燁說。他實在太瞭解菁菁這個孩子。

菁菁從小到大一直都是個乖乖女，二十歲的她從幼稚園到大學一直都是品學兼優的代表，除了學習，她還精通鋼琴，以至於後來她爲了鋼琴而忽略了學習。

長天大學算不上名校，卻也不是什麼野雞大學，本來以菁菁父親的能量，甚至林軒的權利，完全可以將她弄到重點大學去。

然而菁菁的未來並不是由大學決定的，至於學習鋼琴，長天大學藝術學院也有幾位不錯的老師，因此菁菁並沒有去其他地方，直接留在了這裏。

氣質高雅，美麗大方的菁菁堪稱藝術學院一朵花，剛剛來這個學校的時候，不知道有多少男生爲了目睹菁菁的美麗而特意跑來看她。

菁菁又是個傳統的羞澀女孩，如果是她的那幾個室友，竊喜之下恐怕還會很大方的走過去，展現現代女孩的成熟與狂野。

菁菁算是很傳統的女孩，可就是這樣的傳統的女孩骨子裏卻有著一種叛逆。林軒認爲菁菁的叛逆源自於她父親的不屈、高傲。林軒如果對菁菁說，你跟趙燁分手吧，恐怕菁菁會一言不發的跟著趙燁跑掉，當然前提是趙燁會帶著她私奔。

「菁菁，我想趙燁是在等你，去找他吧。」林軒不等菁菁回答，邁著大步匆匆離開，他這樣的離開是給菁菁與趙燁時間，另一個原因是，他昨夜耽誤了很多時間，處於他這個位置上的人每天都是很忙碌。

菁菁略微錯愕，她沒想到林軒叔叔說得這麼直接，原本她與趙燁在一起的時間並不長，她一直以爲林軒應該是不知道她與趙燁的事，但事實上林軒都知道，而且還很清楚知道一切細節。

趙燁同林軒的午飯並不愉快，可這並沒有影響到他，事實上趙燁不是一個輕易能被其他人的想法左右的人。

林軒的看法只是他個人的，也許他位高權重，閱人無數，也許他的辦法是對菁菁最好的辦法，可那都不是趙燁想要的。

面臨畢業的趙燁在面對菁菁時考慮過很多，他明白畢業時分手的壓力很大，可他還是情不自禁的愛上了菁菁。

趙燁很現實，也很自信，他不再是那個普通的實習醫生！他的老師是醫聖李傑，他的中醫引導者是江海，他擁有易盛藥業抗癌藥物超高比例的銷售提成。說出來或許沒有人相信，這樣的一個醫生卻穿著普通的衣服在醫院任勞任怨，絲毫看不出什麼不凡。

平凡的趙燁在菁菁的眼中是那麼的可愛、帥氣。她喜歡趙燁的一切，包括他有些凌亂的頭髮，以及敞懷的褶皺白大褂。

趙燁顯然沒有想到菁菁在沒下班的時間就來找他，並且一看見他就挽住他的胳膊。菁菁很親昵的抱著趙燁的胳膊，輕輕搖晃道：「有沒有想我？」

趙燁的胳膊貼著菁菁傲人的胸部，那種感覺讓他有些意亂情迷，不得不放下手中的工作摸了摸菁菁的鼻子說：「當然了，無時不刻，等我一下，還有些工作馬上就下班了。」

「我今天過生日。」菁菁鬆開趙熚的胳膊說道，「你要給我準備生日禮物哦！至於是什麼禮物我可以告訴你，送不送就是你的問題了。」

當聽到生日兩個字的時候，趙熚是真的打算放棄手頭的工作了，他只是個實習醫生，這些工作並不是必須的，抄抄寫寫的東西，即使拖到明天也沒有關係。

可生日一年只有一次，況且菁菁這個女孩跟著他這麼久了，趙熚還不知道她的生日，這是第一次給她過生日，又是在這樣的情況下，趙熚馬虎不得。

「我們走！」趙熚脫下白大褂說道。

「那你不用等下班啦？」

「沒關係，這些工作明天再來做，你生日要緊。」

菁菁很高興，她喜歡被人寵愛的感覺。菁菁抱著趙熚的胳膊，頭靠在趙熚寬闊的肩膀上走出了醫院。

「你要送我什麼樣的禮物呢？」菁菁問道。

趙熚其實也在發愁，他正在想送什麼樣的禮物好，菁菁喜歡的東西趙熚並不瞭解。第一次給菁菁過生日，趙燁想送她個讓她一生難忘的禮物。

特別是在林軒找他談話過後，趙燁這種想法愈加的強烈。送她什麼好？最好的禮物或許不是什麼物品，而是一句話，如果趙燁此刻對她說，我陪著你一起出國，恐怕菁菁會立刻感動得一塌糊塗。

但那樣趙燁的生活也會變得一塌糊塗，出國或許可以考慮，但不是現在。

菁菁看到趙燁的默默不語，笑了笑，開始搖晃著趙燁的手臂說：「其實我已經想好了，我不要你送我什麼東西，我是想要你的一句話，一個承諾！」

趙燁心中一凜，不由得皺起眉頭，如果菁菁提出陪她出國的要求，怎麼能忍心拒絕她呢？

菁菁如果真說，「我要出國留學了，你跟我一起去吧。」趙燁還真的不知道應該怎麼拒絕她。

當趙燁在發愁的時候，菁菁卻笑了笑說：「別擔心，我不會提出過分的要求的。今天是我的生日，你就今天要聽我的，生日禮物我還沒想好，在我想好之前，先帶我去吃點好吃的。」

這個要求就算她不說，趙燁也會提出來，菁菁自小嬌生慣養，卻很難得沒什麼大小姐的脾氣，相反她很會爲別人著想，這主要得益於她的童年時代成長在軍委大院。

菁菁從來不會因爲她是趙燁的女朋友而心安理得的使用趙燁的錢，在跟趙燁在一起的時候，菁菁總是很小心，她儘量的不讓趙燁感覺到兩個人在財富與地位上的差距。

菁菁的體貼趙燁感受得很真切，這正是菁菁可愛的地方，讓趙燁著迷的地方，雖然趙燁從來不會在乎什麼差距，更不會告訴菁菁他擁有驚人的財富並不需要菁菁這樣小心翼翼，因爲他喜歡菁菁這樣的體貼。

大學校園裏，學生過生日通常都是出去糜爛的藉口，大學生們都喜歡熱鬧，喜歡朋友們聚在一起的快樂。

「今天的生日只有我們兩個人，只有我們兩個人！」菁菁特別強調兩個人，這讓趙燁不禁浮想聯翩，兩個人通常他都會聯想到某些曖昧的事或者比曖昧更進一步。

菁菁沒多久就要出國了，這個生日是兩個人第一次過生日，但卻不會是最後一次。可出國最少要兩年時間，等菁菁下一次與趙燁一起過生日也不知道是什麼時候，所以趙燁非常的重視這次生日。

菁菁曾經說過她喜歡吃法國菜，趙燁一直記在心裏，於是這個夜晚的生日晚宴就在一家法國餐廳。

菁菁很高興的挽著趙燁的胳膊，根本不顧及其他人異樣的眼光。或許這個穿著樸素並且搭計程車來吃法國菜的男人非常地不貴族，可趙燁在菁菁眼裏，比那些王子強多了。

趙燁不是窮人，事實上他非常有錢。可他跟醫聖李傑差不多，對於奢侈揮霍並沒有太大的興趣。

在面對繁複的菜單時，趙燁向菁菁投去了求助的目光。菁菁雖然出生大富之家，可對於這種近乎於奢侈的地方來得也不多，但她比起趙燁卻強很多，她微笑著幫趙燁點了幾個菜。這次算是沒有讓趙燁出醜。

長舒一口氣的趙燁感覺背脊發涼，四下觀望才發現原來是其他餐桌的客人都在偷偷看他。

「我怎麼感覺周圍的人都把我當成了癩蛤蟆，把你當成了天鵝啊？」趙燁歎了口氣道。

趙燁其實並不醜，說起來還有點小帥，可比起天生麗質，氣質高雅的菁菁，他的確算不上什麼。再加上趙燁剛剛下班沒有特意打扮，那一身衣服同這富麗堂皇地餐廳相比，的確有些格格不入。

菁菁看了看趙燁，掩面輕笑道：「你本來就是癩蛤蟆，不過我就喜歡你這個癩蛤蟆！」

「那我這個癩蛤蟆看來比較幸運，今天可以吃到天鵝肉了。」

趙燁總是改不掉喜歡開玩笑的毛病，說者無意聽著有心，菁菁雖然跟趙燁關係並不一般。可還是改不掉羞澀，於是低著頭裝作沒聽見。

雖然第一次吃法國菜，可趙燁卻也不是傻子，俗話說，沒吃過豬肉也看過豬走路。在電視電影上趙燁還是看過不少，對於一些基本禮節還是知道的，再加上趙燁天生吃飯慢，他看起來還算是有模有樣，周圍的人也不再覺得這是個癩蛤蟆，相反覺得他可能是個有惡趣味地有錢人，所謂的惡趣味就是有錢人喜歡扮豬吃老虎。他們覺得趙燁的破綻在於吃飯的姿勢。那是一個紳士才有的樣子。

如果趙燁知道他們在想什麼，恐怕會笑掉大牙。趙燁吃東西一向如此，無論在法國菜館，還是地攤燒烤店。

吃飯的時候，趙燁一直在想菁菁出國的問題，中午與林軒的談話讓趙燁不得不考慮這些事。

此刻與菁菁見面，趙燁什麼都沒有說，只當成什麼都沒有發生過，他想兩個人當做什麼都沒有發生，快樂地度過每一天。

可這讓趙燁很難受，他很想知道菁菁的想法，他也很想知道自己應該怎麼做才是最完美的。

其實菁菁也在考慮這個問題，她並不是有意瞞著趙燁，只是還沒有想好怎麼說。過了好一會兒，菁菁才開口問道：「還記得我在海市問你的問題麼？你快要畢業了，打算以後怎麼辦？有沒有想過未來，是工作還是考研究所？或者出國？」

該來的總是會來，趙燁歎了口氣說：「菁菁你想讓我怎麼樣呢？」

「我當然想讓你出國，可是我知道你不會出國，我在網上查過，國外不承認中國的醫學學士學位，你又那麼喜歡當醫生，你肯定不會出國的，我早就知道。」

「對不起，為你我可以做很多事，可這件事不行。」趙燁喝了一口紅酒。

「趙燁，你知道嗎？其實我很自私，我想出國，又想跟你在一起。我不怪你，相反我還要感謝你，如果不是你，我或許都沒有出國的機會。」

「出國跟我有什麼關係？」

「你還記得海市的那場音樂會麼？在那之前我參加了無數比賽，可是沒有一次拿到冠軍，在那之前我動搖過。」

「我甚至覺得，再繼續學下去不會有什麼出路，海市那次是我孤注一擲的比賽，如果那次再失敗，我就放棄音樂。」

「可就是那一次，你給了我信心，我破天荒地拿到了冠軍，而且我運氣很好，那次比賽正好有幾位外國音樂學院的教授來中國招生，他們選中了我，提供了全額獎學金。」菁菁因爲喝了點紅酒再加上興奮，小臉通紅，看上去十分可愛。

趙燁聽了她的話後，歎了一口氣說道：「我這不是給自己找麻煩嗎！把你親手送出了國，剩下我孤家寡人。我爲你高興，爲自己悲哀！」

「你後悔了？」

「沒有，出去闖闖也好，畢竟歐洲才是音樂的天堂。」

趙燁雖然這麼說，可他也知道，該來的還是會來的。在海市的音樂會上，菁菁贏得冠軍，贏得觀眾的掌聲，贏得外國音樂學院教授的賞識，贏得了全額獎學金，她是大贏家。可趙燁也是贏家，他贏得了菁菁的愛情，正是那時菁菁愛上了趙燁，這一點兩人都明白。

「你捨得嗎？」

「我不捨得，你會留下嗎？」

出國是菁菁的夢想，更是她父母的期望。她是追逐音樂的腳步出國，而她父母則是期盼她出國鍍金，回國後走上層路線。

趙燁捨不得菁菁，兩人剛剛開始沒多久就分開未免太殘酷。原本菁菁跟趙燁並不打算捅破這層窗戶紙，可不知不覺，兩人竟很默契地提出了這個問題。

「走吧，我想到了我要的生日禮物了！」

法國大餐沒吃完，兩人就離開了，這次是菁菁拉著趙燁的手離開的，走得很快，近乎於逃跑中的小偷，害怕被人看見一般。

「怎麼了？你不是很喜歡吃法國大餐麼？」

「但是我不喜歡那個地方，我們換個地方？」

「去哪裏？」

「找個酒店吧！」

聽到這句話，趙燁的世界天崩地裂，一切似乎都是不真實的。他忽然覺得春天來了，就像一個在冬天被凍得快要死了的人，終於迎來了春天。

酒店？酒店是什麼地方，不僅能吃飯，還能睡覺……

菁菁拉著趙燁跑到很遠的地方，確認了不會有同學看見後才下車找了個酒店。

趙燁努力讓自己保持鎮定，確保自己看起來不像個拐賣婦女的禽獸，鎮定地辦完手續帶著菁菁走進房間。

男歡女愛再正常不過，可菁菁卻好像犯了什麼錯誤一樣，低著頭抱著趙燁的胳膊，生怕別人認出來似的走進房間。

趙燁溫柔地吻了菁菁，將她抱到床上，壓在身下。趙燁此刻氣血上湧，呼吸急促，他還是個處男，因此不免有些手忙腳亂。

菁菁的臉紅到了脖子，閉著眼睛，胸口不斷地起伏。趙燁脫掉了她的上衣，俯身吻著她發育良好的胸部，趙燁覺得自己就像禽獸在欺負弱女子，特別是感覺到菁菁那因緊張而不住發抖的身體。

「爲什麼突然要這樣？你不是決定要留下來吧？」趙燁開口道。

「不，我是一定要出國的，可是我又捨不得你！」

「我還不知道你要去哪個國家。」

「法國！」

趙燁這才明白今天去吃法國菜的確去錯了地方。法國，遙遠的國度，趙燁只知道巴黎是浪漫之都，滿大街的美女、帥哥，漫天的浪漫愛情故事。在長天大學這小地方惦記菁菁的都不少，在巴黎……

菁菁看趙燁眼神迷離，起身趴在趙燁的背上，抱著趙燁的腰說道：「不要這樣，我又不是明天就走，而且我又不是不回來了。我不勉強你跟我一起走，但我想在我走之前你都陪著我，快快樂樂地過每一天！等我回來，我要永遠跟你在一起，從今天晚上開始，今天我是你的……」

趙煒抱著菁菁，再一次翻滾在床上，趙煒急促的呼吸，劇烈的心跳，褪去了菁菁的小衫後，趙煒準備更進一步時，卻被菁菁擋住了。

「有沒有準備……準備……」菁菁想說避孕套，可她卻說不出口。

趙煒覺得很失敗，千算萬算忘記了傳說中的避孕套。這也怪他沒經驗，誰讓他是第一次呢？雖然按照醫學機率來說，中彈的機率小得很，但畢竟有一定可能，不可不防。

於是趙煒整理衣衫，準備去買傳說中的避孕套，正當他準備離開時，菁菁卻拉住他的衣袖柔柔地說：「我也要去。」

趙煒剛想說我馬上回來，你等等，又聽菁菁說：「我不敢一個人待在這裏。」

趙煒只能等著菁菁穿好衣服，整理凌亂的頭髮。

等得他心中那股火熱漸漸熄滅……

兩人一起走出酒店，路過前台大廳的時候，菁菁依舊低著頭摟著趙煒的胳膊快步前進，生怕別人認出她來。

方。

此時還不算晚，街上還很熱鬧，人流湧動。趙燁挽著菁菁開始滿大街地找賣避孕套的地

可平時總能看見的情趣用品商店卻都不見了，就連牆上的自動販售機也找不到了。

走在大街上的菁菁似乎忘記了此行的目的，晚上夜市的小攤很多，賣著各種稀奇古怪的玩意兒。菁菁幾乎每個攤位都要停下看看，看到好玩的東西自然要收下，趙燁則負責拿東西和付錢。

好幾次趙燁都想問，你們這裏賣套套麼？

「不買了，東西太多了。真是可惜，還有那麼多好東西沒看，下次再來買吧！」菁菁惋惜地說道。

拎著一袋子小東西的趙燁彷彿看到了曙光，菁菁終於停止了購物，可以進行下一步行動了，去買避孕套。

菁菁放棄買東西，除了因爲東西太多，買不完之外，更重要的是她有了新的目標：「看那裏有個陶吧哎，去看看去。」

趙燁很驚訝，女孩怎麼會喜歡玩泥巴，陶吧在趙燁印象中就是玩泥巴。他有些不情願，因爲陶吧沒有套套賣，可他還是無奈地跟在菁菁身後走進了陶吧。

陶吧興起也有幾年了，在本地趙燁還是第一次看到，他一直覺得這東西是小資們玩的，他只是窮學生，玩不起這東西，更沒有興趣。

陶吧自然與陶有關，陶是一門藝術，陶吧是一種自然格調的休閒場所。陶吧吸引人的地方在於捏泥巴的過程，以及最後做出一件屬於自己的成品的興奮。

菁菁是個文靜的女孩，可童心未泯，這一點在陶吧裏表現得淋漓盡致，看看趙燁臉上的泥巴就知道，菁菁多麼的淘氣。

趙燁懲罰菁菁的辦法很多，最厲害的就是抓癢，特別是腰部。兩個人一邊捏泥巴一邊打鬧，最後兩個人不得不分開製作，因爲鬧了半天他們倆什麼都沒有做成，最後兩人約定分別做出一件作品來。

陶製作起來並不是那麼簡單，可趙燁心靈手巧，又會揚長避短，他做的是幾個陶瓷的娃娃。不需要多少技術，用刀雕刻一下就成，說到刀，趙燁可是玩刀的行家。雖然他是用手術刀的，但雕刻用的竹刀除了不是柳葉的形狀，其他方面也差不多。

趙燁雕刻了兩個連在一起的小人，寓意很明顯是他與菁菁，兩個人連在一起永不分開。這算是送給菁菁的生日禮物。

趙燁完成了他的作品後，又跑去看菁菁，菁菁比不了趙燁的心靈手巧，事實上她小時候泥巴都玩得都比趙燁少，她的作品看不出是個什麼模樣，可菁菁確實一臉虔誠的在做她的藝術品。

「你做的真好，我們交換吧，我做的送給你！你這個送給我！」趙燁說。

「哼，哼！那就便宜你這個傢伙了！」菁菁一臉得意的將完成的作品送給店員去烘烤，這需要很長一段時間，這讓菁菁有些失望。

完成這些以後，趙燁去付錢，然後跟老闆拿了日後來取作品的單子，在離開之前，趙燁又看了一下菁菁按個四不像的作品，他發現菁菁在上面寫了些小字，「等我回來，永遠愛你的菁菁。」

小丫頭一早就想好將這個東西送給趙燁，趙燁又何嘗不是如此呢？他做的那兩個小人，雖然沒有寫什麼，卻也是相同的道理。

兩人在陶吧玩到很晚才回到酒店，趙燁先去洗了個澡，在陶吧裏他被菁菁弄了不少泥巴在身上。

待他洗完之後，發現菁菁已經躺在床上睡著了，睡得很香很甜。趙燁歎了口氣，將剛剛從酒店服務員手裏買來的套套丟進了垃圾桶，開始緬懷姓柳的歷史名人。

在趙燁欣賞著窗外的夜景，緬懷歷史名人的時候，電話鈴響了，是趙依依主任，這麼晚打電話來，趙燁還以爲是醫院有急救手術，可接通了電話，他卻聽到了趙依依戲謔的聲音。

「小子，姐姐很寂寞，要不要來我家陪我？」

「姐姐，你別鬧了……」趙燁沒好氣道，趙依依最近對於調戲趙燁樂此不疲。

「我就知道你不會來，有了女朋友就忘了姐姐。」

「怎麼會呢！我一個人！」

「少騙我，剛剛我看到你了，還有你的女朋友，你們兩個去了酒店。小子行啊，這麼快就去開房了。」

趙燁猶如小說中的主角虎軀一震，趕忙解釋道：「姐姐，冤枉啊，我跳進黃河也洗不清了！」

「少裝蒜了，你剛剛在幹什麼？」

「我？我在造小人。」

「你看，還什麼都沒幹，還造人，小心真造出來，吃不了兜著走！」

「……」

睡在賓館的大床上，身邊還有美女相伴，應該很舒服，可趙燁卻一夜沒睡好。第二天一早，趙燁破天荒地帶著黑眼圈去上班，當然上班之前，他得先送菁菁去上學，昨天夜裏什麼都沒幹，可菁菁的表現卻好像兩人什麼都做了一樣。

她一改往日的羞澀，挽著趙燁的胳膊一直走進藝術學院的大門，臨走之前還不忘在趙燁臉頰上留下淡淡的一個吻。

菁菁這一大膽的舉動比炸彈還炸彈，藝術學院從來不乏美女，可菁菁這樣的美女中的美女卻少得很，更重要的她還是單身美女。

學校裏不知道多少牲口盯著菁菁流口水，可誰都知道菁菁這支花不是那麼容易摘的，多少前輩前仆後繼衝向前，卻都被菁菁冷冰冰的拒絕了。

沒人知道趙燁時如何追到菁菁的，甚至趙燁自己都不清楚。那些愛慕菁菁的人只知道趙燁這個混蛋搶走了他們心中的女神，趙燁同樣也知道自己不受歡迎，因為他感受到了周圍那有些嫉妒同時又充滿仇恨的目光，那目光讓趙燁背脊發涼，無奈之下，趙燁在殺人的目光下落荒而逃，一直跑到他的大本營長天大學附屬醫院。

長天大學附屬醫院說是趙燁的地盤有些誇張，可說是趙依依的地盤卻沒有人會反對，準下一任院長成爲眾位醫生討好的對象，他們不僅討好趙依依，甚至對趙燁這個實習醫生都刮目相看。

急救科的實習醫生越發多了起來，趙燁這個資格最老的實習醫生隱隱成了眾位實習醫生的老大。

實習醫生多半是一個學校的同學，趙燁作爲資格最老的實習醫生，幫幫忙也是分內之事，加上急救科的醫生們也沒把趙燁當實習醫生看，實際上很多人都覺得，趙燁畢業以後在這裏工作是理所當然的。

今天又來了一批實習醫生到急救科，因爲實習醫生太多，急救科的老師帶不過來，於是他們要求這些實習生先跟著趙燁熟悉環境。

這批實習生裏有很多是趙燁的同學，還有少部分是名校的畢業生，讓他們跟著趙燁其實非常地不妥。雖然沒有人提出疑義，可趙燁知道他們都不願意跟著一位實習醫生。

「本人先來幾天，就先帶各位同學熟悉下環境。大家有疑問可以問我，如果我也不知道再問老師啊。」

趙燁這個人平時還是很友善的，當然對待那種不開竅的人就不一樣了。急救科因爲趙依依主任的手術而出名，這名聲不僅僅限於醫院內，甚至很多消息靈通的市民也都知道急診科的手術做得好，因此很多應該在一般外科、骨科、泌尿外科的病人都跑到了急救科。

他們都有著各式各樣的理由，最可笑的是泌尿外科的病人。「我急著小便，當然要來急診科……」

從來只有病人挑醫生，醫生是沒有辦法將病人趕走的。平時就忙碌的急診科變得人滿為患，如果不是新來了這麼多實習醫生，恐怕醫生們要天天加班才行。

趙燁帶著一群實習醫生在急診科打轉，不明所以的病人還以為他是帶教醫生，看到趙燁來查房，就開始陳述病痛。幾位患者為了能夠得到醫生的重視，甚至開始捧趙燁，大贊趙燁年輕有為。

年輕是沒錯的，可有為還早了點。趙燁迄今為止還是實習醫生，馬上畢業了，作為卻一點也沒有，如何算得上有為？

「這裏有幾個病人要換藥拆線，麻煩幾位同學來做一下。還有幾個病人要備皮，準備手術的也需要幾個人，這邊患者需要骨穿……」

熟悉環境的最好方法就是讓他們自己去做，做永遠比看重要。

實習醫生在醫院裏動手的機會並不多，並不是老師不敢放手，相反很多醫生都喜歡讓實習生去幹。

可在目前的醫患關係下，醫生害怕實習生弄出問題，病人也不信任實習醫生，因此實習醫生動手的機會很少。

趙燁卻不管這麼多，作為實習醫生的他知道親自實踐對於實習醫生意味著什麼，所以他放手讓這群同為實習醫生的同學們去幹。

至於失誤，趙燁並不害怕，別的學校他不知道，長天大學對於實習醫生的要求很嚴格，這些簡單的操作，他們不知道模擬了多少次。

病人們對於實習醫生有些懼怕，可現在急診科是熱門科室，只要不是手術，他們還是能夠忍受實習生們來做。

實習醫生們沒有人考慮趙燁也是實習生的身分，在寶貴的動手機會面前，他們一個個爭先上前動手。

要知道這動手的機會是很少的，像趙燁這樣敢放手的老師不多。不，趙燁應該是實習醫生。

此刻所有實習醫生都在感謝趙燁，這次機會完全是趙燁給的，同時他們也都覺得自己很明智，來急救科的確是來對了。

甚至還有少數人以為趙燁之所以能夠成為趙依依的手術第一助手，完全是因為這裏動手機會多，動手機會多意味著成長得快，他們覺得，如果他們早點來這個科室應該比趙燁厲害……

看著這些幹得熱火朝天的同學，趙燁突然發現自己的工作都給了人家，他做什麼呢？趙依依現在一心忙著林軒叔叔的病情，就連急救科的手術能推的都推了。

此刻，趙燁突然發現急救科沒有他的事情做了。

是時候換一個科室了，趙燁慢慢地走出急救科，實習醫生按理說應該每個科室都轉一圈，可急救科是個特殊的科室，基本上所有的病都能遇到，因此趙燁一直待在這裏。

現在急救科實習醫生太多了，動手的機會也少了，更重要的是在這裏趙燁學不到什麼了，他想換個環境。

可是換到哪裏好呢？

趙燁想了半天，突然想起李中華不是邀請他去腫瘤科麼？

不管怎麼說，李中華的醫術非常高明，在那裏趙燁可以學到很多。

另外易盛藥業的抗癌藥物也是趙燁十分關心的，在腫瘤科是不是能學些對研究抗癌藥物有幫助的東西呢？

穿著休閒西服的李中華正在辦公室裏抽他的黃鶴樓。退出院長之爭的他倒過得怡然自得，李中華最近心情不錯，每天想幹什麼就幹什麼，再也沒有什麼顧慮。

當然很多人爲李中華的英雄沒落而惋惜，可李中華自己知道他這不是落寞，現在的自己才是他真實的一面，不問世事，不問權利鬥爭，一心一意的抽煙、看病，專研醫術。

事實上，身爲長天大學附屬醫院腫瘤科主任、擁有教授職稱的李中華，並沒有真正的上過幾天學，沒有系統的研究過醫學。

他那個年代是餓死人的年代，是得了一些普通疾病就要命的時代。

他的醫術完全是從實踐中學習來的，同很多人一樣在後來掛名上了個學校，慢慢混到今天的這個地步。

很多老醫生都是李中華這樣靠實踐學的醫術，他們常常感歎沒有遇上好時候，沒有時間能夠專心致志的學習，沒時間來搞研究。

在外人看來，能治好病比什麼都強，什麼上過大學，什麼系統的學習都是狗屁。話是這麼說，可內行人都知道，沒有過系統的研究學習是不行的，雖然也是可以看好病，但他們很多時候都會感覺到知識的匱乏，同那些系統學習過的同行相比，他們明白自己的弱點，明白那巨大的差距。

現在的李中華不用感歎了，退出了權利爭端的他可以安心的搞研究，事實上李中華一直計畫著做點什麼研究。

在他誇張的辦公桌上放著幾本厚厚的讀書筆記，那是李中華三十多年臨床經驗的總結，裏面記載了所有他認爲有研究價值的病例，還有他對這些病例的看法。

李中華與趙燁不同，他不求能將癌症這個人類殺手研究透徹，他只想爲癌症治療的研究盡力而已。

與此同時，李中華也開始在長天大學任教，與那些沽名釣譽的教授不同，李中華並不在乎大學教授的職位，他只是想去大學看看，感受一下大學的氣氛。

他這輩子沒讀過大學，因此對大學課堂心懷敬畏，特別是趙燁的橫空出世，讓李中華這個跟大學沒有任何交集的人以爲大學是個神秘的地方，臥虎藏龍，高手雲集。

因此他在去大學講課的時候準備了很久，甚至研究了許多外國同行的最新論文，以防在講課的時候被學生問住。可沒多久他才發現，趙燁只是個特例，算是百年難得一見的特例。這裏的學生厲害的不少，可比起趙燁來說，簡直天上地下。

想到趙燁，李中華思緒萬千，這個實習醫生明明是先來腫瘤科，如果他能先一步發現這

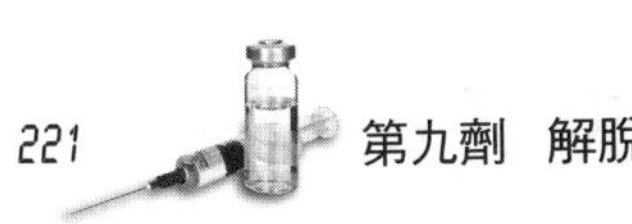

個實習生的真正實力，恐怕就是另一種結局了。

世界是殘酷的，這個世界沒有如果。

其實爭奪院長那些事趙燁從來沒想參與，除了那次記者的誣陷以外，趙燁並沒有特意幫助趙依依。

那些手術趙燁只是覺得應該去做，所以才去做的。正是這些不經意的手術讓趙依依一步步領先，最終擊敗了李中華。對此李中華當然不知道，他只知道趙燁不簡單，特別是趙燁的手術技巧和能力驚才豔絕。

趙燁如果聽到李中華對他評價這麼高，恐怕自負的他也會受寵若驚，趙燁只是個實習醫生，雖然手術做了不少，並且難度也不低，可實際上趙燁比起在長天大學獨領風騷二十多年的李中華在某些方面還差很多。

醫學講究臨床經驗，趙燁就算是天才．在某些方面也比不上二十多年的臨床經驗。正是因爲如此，趙燁才跑到腫瘤科恭恭敬敬的對著李中華喊了聲老師。

趙燁的一聲老師喊得李中華非常高興，那天李中華邀請趙燁來腫瘤科並沒抱多大希望，可他沒想到趙燁真的來了，作爲勝利者，趙燁對他依然畢恭畢敬。

腫瘤科認識趙燁的不少，說到底他們認識趙燁是因爲仇恨。無論怎麼樣，腫瘤科這些醫生們還是支持李中華的。這位老主任爲人公正，和藹、在腫瘤科威望無人能及。

即使失敗了，李中華依然是他們最敬愛的老主任。

趙燁來這裏如果真的跟傻瓜一樣橫衝直撞，對李中華出言不遜，恐怕就要被生吞活剝了。趙燁知道自己是來學習的，他來這裏是虛心請教，並不是存心挑釁，實際上，即使作爲對手，趙燁也是尊敬李中華的，那最後一次比速度的手術，李中華的開顱取腫瘤手術非常的精彩。

雖然是勝利者，可趙燁明白做人不能總是揪著對方的短處，應該取長補短，虛心學習。趙燁來腫瘤科多半是衝著李中華來的，來學習他的技術。

「李老師，我來實習，不用照顧我，把我當普通實習生就行。」

「呵呵，那你就跟著我實習吧，我年紀大了，需要有個幫手。對了，小趙，抽煙麼？」李中華一句話讓趙燁這個普通的實習生不再普通。

實習生是不應該抽煙的，趙燁想，不過他還是接過了李中華的黃鶴樓，抽煙對於醫生來說似乎不應該，但醫院裏多半男醫生都抽煙。趙燁抽煙不多，但別人給他煙一般不會拒絕，更何況這是李中華的煙，趙燁來這裏沒有絲毫敵意，更沒有勝利者的那種姿態，所以這煙是

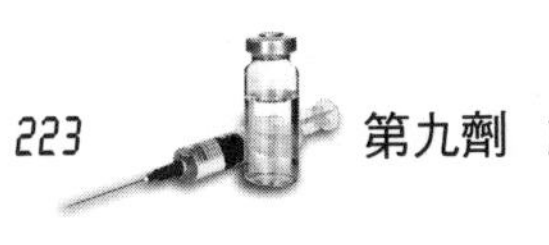

必須接的。

在接受了李中華一支煙以後，趙燁又接受了李中華的茶，然後沒過多久，這一老一少就覺得相逢恨晚，開始坐在一起聊天。兩個人都覺得與對方做朋友比做敵人有意思多了。

醫生之間聊天總是離不開本行，沒一會兒兩個人就聊到了癌症治療方面，李中華是腫瘤科主任，不僅精通腫瘤切除外科手術，對於腫瘤化療等保守治療也有很深的研究。

「癌症在早期很難發現，因爲太小，現在的設備跟不上，診斷上就要看經驗了。可惜現在沒有這樣的病例，哪天有空了，我開車帶你到腫瘤村找找，一般都會有收獲。」

「如果在中晚期發現也不要緊，雖然現在人們談癌色變，可真的得了癌症也不用害怕，一般人我都可以讓他活個三五年。」

李中華是個高傲的人，他從來不說大話，三五年只是他的保守說法，在這個城市人人都知道李中華的成名之作，年輕時的李中華成功地保住了一個肝癌晚期病人的生命，並且那個患者存活至今。

「還要李老師多教我，我現在會的都是課本上的知識，對於化療方案，腫瘤病人的注意事項等都不是很瞭解。」

「這個不用怕，這個月你就跟著我吧，我保證你能學到很多。」

「李老師，還有個問題我想問問，那個病毒抗癌治療，就是上次報紙報導過的病毒抗癌治療，你有什麼看法？」

「理論上可行，實際操作起來卻很難，我是這麼覺得的。其實我覺得那公司有些誇大其詞，如果有機會我真想見識見識他們的理論。」李中華說完一臉的嚮往。他生平最喜歡的就是抽煙、品茶、研究腫瘤，也就是癌症。

可研究癌症這東西在全世界都是熱點，不知道多少個實驗室沒日沒夜地研究，進展卻不大。李中華甚至覺得他有生之年是看不到突破了。

「想看他們的內部資料不容易啊，那東西是保密的，除非你加入他們公司當研究員，簽訂協定才行。」趙燁歎了口氣，繼續說道：「你願意加入？」

「當然！怎麼好像那公司你很熟悉似的。」

「當然熟悉，我去過那公司啊，算起來我也是他們的一員，算是小股東。」趙燁其實拿的是銷售提成，並無股份，不過在他腦子裏提成跟股份差不多。

李中華聞言一驚打翻了茶水，弄得桌子上書本上都是水漬，許久李中華才回過神來，緩緩開口道：「少年可畏啊！」

「您可別誇我，再誇我我就要驕傲了。其實我就是幫了點小忙，弄了點股份，算是小股東。不過李老師您要是想去看看也可以，只是要加入公司才能看到他們的研究資料。」

李中華說趙燁少年可畏並不是亂說，那篇報導的內容李中華記得很清楚，除了刊登易盛藥業腫瘤藥物進展的文章外，還對那抗癌藥物的研究發起人做了大篇幅報導，不過那報紙的重點是說明珠集團旗下的易盛藥業善待人才，對抗癌藥物的發起人只談了待遇，名字也只說了江海以及他的合作人。

連趙燁的名字都沒提，當然這是李傑故意的，他不想趙燁年紀輕輕為名所累，再加上那篇報導主要是為了吸引人才，不是給趙燁炒作。

李中華清楚地記得，報紙上說了，研究人員可以獲得易盛藥業那抗癌藥物的銷售提成，雖然不是股份可也差不多。

他怎麼看趙燁都不像那個人，一個實習醫生手術厲害還有可能，怎麼可能在科研上也如此厲害。可趙燁又不像說謊，他第一次感覺到看不懂趙燁了。

「我真想辭了工作加入那公司，在抗癌藥物研究者名單上添上自己的姓名，也不枉我一輩子面對癌症患者。說真的，我這一輩子就沒讓一個癌症患者痊癒過，你能想像這是多麼打擊人麼？」

這也怪不得李中華，想讓癌症患者痊癒，簡直是天方夜譚，不僅僅是他，任何人都辦不到。

趙燁沒想到一句話引出李中華這麼多感慨，其實他覺得李中華醫術不錯，加入研究也沒什麼，可李中華有自己的事業，不可能去易盛藥業，就算他想去，自己也說了不算。

趙燁突然拍著腦袋恍然大悟般對李中華說：「我想起來一件事，可以讓你參與進來，這藥物總要臨床實驗吧，如果把我們腫瘤科變成臨床試驗基地，這樣不僅是您，我也能參與進去了。」

李中華一愣，緩緩開口道：「這的確是個好辦法，我們這裏問題不大，我去請示應該可以批准，主要是那頭會看上我們這個小醫院麼？」

「放心，我一定把他辦下來！」

趙燁不是一時頭腦發熱，他早就想參與到那個藥物的研究中了，他也曾經詢問過這方面的計畫，可他還要實習，不可能分身到海市去，但把臨床實驗基地放在長天大學附屬醫院就不一樣了。這不僅成全了李中華，更成全了他自己。

第十劑

試驗藥物場

每天趙燁都跟著李中華進行全科室的大查房。他注意觀察每一個病人，記下他們的病情，甚至考量著等易盛藥業的藥物送來了，該先在哪位病人身上做研究。

如果是試驗其他藥物尋找自願者還是挺困難的，畢竟誰都不願意冒險，可腫瘤科的癌症病人卻不一樣。癌症本就是不治之症，說句不好聽的，得了這病就只能等死。

病人們心裏也清楚，所以晚期病人多半直接回家，珍惜最後的美好時光。可是這不表示他們願意放棄治療，如果給他們一種藥物，免費的藥物，有一定機率可以控制癌症發展，恐怕沒有多少人會拒絕。

趙燁留在長天大學的時間已經進入了倒數計時，可在這個時候跟趙燁一起上大學的同學多半已經踏上了工作崗位。

從大四的時候，趙燁就開始看著朋友們一個個踏上工作崗位，唯獨趙燁還在讀他大學的最後一年，第五年！雖然這一年也是上班。可根本沒工資拿，這多少讓人有些挫敗感，哪個男子漢不想早點承擔起責任，讓父母輕鬆一些呢？

趙燁記得父親說過，做事要一步一腳印，無論何時何地，都要記著這個道理，做什麼事都要做好，然後才能做下一件事……

這話趙燁時時刻刻銘記，上了大學他總是很努力的訓練自己，到了實習，他也在找機會鍛煉自己。現在作為實習醫生，趙燁非常的成功，就連以嚴謹著稱的李中華都覺得趙燁是個不錯的實習生，當然這裏絕對不會有討好趙燁的成分。

還有幾個月趙燁就要畢業了，離開實習的醫院走入社會。從小趙燁嚮往著成為大人，現在他夢想實現了，走出校園開始承擔責任！

但是在這幾個月的時間裏，他還是要乖乖的當實習醫生，半點浮躁不得，當然也沒有什麼浮躁的機會，在長天大學附屬醫院，他還有未完成的工作。

腫瘤科的李中華主任想要參與抗癌藥物的研究，當然主要是臨床上的實踐。而趙燁也想參與其中，這東西本來就是他改進的，雖然方法主要是江海的，可趙燁卻將這方法摸透了，並且加入了自己的想法。

趙燁只是個實習生，或許在專業知識方面還差一些，但趙燁也算才華橫溢。靈氣十足，對於這藥物的些許改進，讓其有了巨大的變化。

兩個人興趣相投，當即握手合作，李中華負責醫院方面，趙燁則負責易盛藥業開闢臨床試點的問題。

趙燁雖然是這研究的所有人，可他已經將這個研究賣給了易盛藥業，他雖然擁有銷售提成。可他在公司沒有任何職位，人微言輕的他，也不知道能否直接說服他們。

趙燁之所以覺得他們會答應，是因爲在那之前易盛藥業研究部門的那群帶著酒瓶底眼鏡的老學究們非常喜歡趙燁，並且對他提出過挽留。

當時趙燁的確想過留下，可他實習還沒有結束，並且李傑並不覺得趙燁應該走科研的路子，在他的思想中，做辦公室的醫生與實驗室的醫生，都不如站手術台的醫生。多數外科醫生都或多或少有著這樣的傲慢。

或許趙燁還是實習醫生的緣故，他無論取得什麼樣的成績都不會忘記自己實習醫生的身分。因此外科醫生的傲慢在他身上根本找不到。

趙燁掏出他那部老舊的手機，在滴滴滴的按鍵聲中撥通了海市易盛藥業公司的電話。離開海市後趙燁第一次跟他們聯繫，第一次聯繫就提出要求，這讓趙燁總覺得欠了人家什麼。

一開始趙燁先詢問了研究進展情況，過了好一會兒才扯到正題，趙燁努力了半天終於說出了他想在這裏開辦一個臨床試驗基地，同時想加入易盛藥業的科研組。

「你等等，我去找經理請示一下！」電話並沒有掛斷，趙燁甚至能聽到電話另一頭奔跑的腳步聲。

趙燁猜想多半沒戲，那經理似乎對他沒什麼好印象。就在趙燁準備掛電話的時候，電話的另一頭卻傳來了令人振奮的消息。

「經理說了他們完全同意，過段時間會派人過去具體談。」

這消息再好不過。趙燁對易盛藥業的那位經理感謝萬分，當然也有感謝這位接電話的研究人員。其實趙燁不知道，易盛藥業那位經理也在感謝趙燁，那些研究人員更是如此。

易盛藥業自從接手了趙燁的抗癌藥物以後，國內同行對此十分眼紅，雖然多數醫藥企業表示易盛的抗癌藥物根本不可能成功，但誰都聽得出來那話中酸酸的味道。

懷玉其罪。易盛藥業除了擁有抗癌藥物被同行仇視外，他們又曾從李傑的意見大張旗鼓地獎勵趙燁，目的是樹立榜樣，吸引優秀人才。雖然他們的確挖到了不少研究人才，可是他們這下徹底的得罪了同行。

醫藥公司開始聯手打壓易盛藥業，幾乎將易盛藥業的產品趕出了市場，當然作爲明珠集團的子公司，他們對於這點損失根本不怕，他們的市場份額原本就不怎麼多，於是乾脆停產全力研究新藥物。

可是他們的同行們並沒有就此甘休，他們甚至千方百計的阻撓這藥物的研究。明珠集團在商界是個龐然大物，歷史悠久實力雄厚，可是他們在醫藥界還嫩得很，易盛藥業更是微不足道。

競爭對手不費吹灰之力，就讓易盛藥業的抗癌藥物研究陷入非常困難的境地。

藥物的研究是個複雜的過程，需要進行藥學研究，摸索製作工藝，考察穩定性等等。同時也要同步進行動物試驗，如體內外相關性試驗等。在這期間藥物還需要做藥效，長期毒理試驗，過敏性試驗、依賴性試驗等等。

這些工作都難不倒易盛藥業，那些眼紅的同行們也沒有辦法直接去公司搗亂，可是他們依然有辦法爲難易盛藥業，還是扼住咽喉，讓其無法動彈。

很多實驗都需要結合臨床，也就是說這些實驗很多都需要病人自願者配合，進行臨床試驗。

易盛藥業底子太薄，在競爭對手的干擾下，他們竟然在海市找不到一家願意合作的醫院。

拿多少錢那些醫院都不合作，抗癌藥物研究的負責人李傑對此也毫無辦法，雖然他在醫療界聲望非常高，可聲望這東西不能當飯吃。

正在他們一籌莫展的時候，趙燁來電話了，這消息無異於雪中送炭。也難怪那位科研小組的成員會高興地跑著去找經理。

易盛藥業一直忽略了外地的醫院，他們覺得在海市這個他們比較熟悉，又有人脈關係的地方都不能成功，在外地就更難成功了。

趙燁的電話提醒了他們，外地的醫院雖然和易盛藥業沒有關係，但和對手的藥業公司也不一定有關係，所以應該有希望進行合作。

合作的第一家醫院就是長天大學附屬醫院，趙燁給他們開了個好頭，財力雄厚的易盛藥業在這之後四處出擊同多家醫院簽訂了合作協議。

易盛藥業抗癌藥物專案的負責人其實是李傑。這位明珠集團的最大股東一直很少過問公司的業務，唯獨這次比較特殊。首先是公司的管理層非常看好這個項目的前景，公司高層對醫療行業比較熟悉的只有李傑。這位被業界人士尊稱爲醫聖的人雖然很少過問公司事務。卻沒有人懷疑他的管理能力，在公司開辦早期，李傑多次展現了他的商業天賦，幾次力挽狂瀾於既倒的情形，人們還記憶猶新。

李傑管理這個專案除了是應大家的要求以外，更重要的是他喜歡這個專案，當然其中還摻雜了些許個人感情。這項目跟李傑的小徒弟趙燁息息相關，想起趙燁，李傑總是會露出發自內心的笑容。

這個亦師亦友的小子十分討人喜歡，總是能做出一些讓人驚訝的事情，在關鍵時刻又能讓人放心。

李傑一面叼著雪茄，一面看易盛藥業的年輕經理遞上來的書面報告，那形象看起來就像個暴發戶。

李傑從來不在乎自己的形象，當然在美女面前不同，在美女面前，他永遠是個彬彬有禮的紳士，是夢中情人的代表。

他手中的報告是關於抗癌藥物臨床研究進展，以及未來的計畫。主要內容是關於臨床方面的研究，海市本地的醫院大門緊閉，所以報告中提議到外地醫院開展臨床研究。

李傑看了報告，又詢問了具體的情況，當他聽到趙燁的時候，不由得深深吸了口煙，這個徒弟總是牽動著他的心。

在看完所有彙報以後他並沒有給出答覆，去外地醫院是好，可是長天大學附屬醫院卻不在他的考慮範圍之內。

他覺得趙燁這小子雖然聰明絕頂，卻不應該脫離臨床去搞研究，而且他還是個實習醫生需要繼續實習。老一輩醫生都知道實習生活對於剛剛走出校園的學生意味著什麼。

李傑對趙燁的擔心出於長輩對晚輩的那種關心，趙燁在李傑眼裏，好像永遠長不大的孩子。

思考了許久，李傑終於有了答案，他輕輕地將雪茄熄滅，把資料丟在桌子上，對眼前的經理說道：「就按照你們的計畫來，去外地開展臨床試驗，保密工作要做好，實驗室的人不允許隨意走動，不能讓他們到外面去試驗，多雇傭一批人駐紮在合作醫院。另外長天大學附屬醫院這個臨床試驗基地先不開展。」

「不開展？」經理有些驚訝，他原本是想最先開展這裏的。

「暫時先不開展，過一段時間吧！兩個月？三個月？」

李傑喃喃自語，他不知道趙燁需要多久才能成熟，需要多久才能成為一名真正的合格外科醫生。

李傑也不知道自己需要多少時間才能準備好那台手術，那台與趙燁約好的鄒舟的顱內惡性腫瘤切除術。

那台手術他需要一個像趙燁這樣的天才般的助手，當然不是現在的趙燁，李傑需要的是一個成熟的趙燁。

如果手術成功了，那將是又一次自我超越，更是震驚全球醫療界的手術！可這手術還要等等，再等等……

等一個成熟的趙燁，到時候他將有能力處理這手術，更有時間完成他的抗癌藥物研究。

人們總是說生活平淡而乏味，那是因爲沒有追求的目標，更是因爲沒有勇氣去追尋刺激而快樂的生活。

趙燁從急救科跑到腫瘤科，是其他實習醫生不能理解的，人人都在爲了擠進急救科而努力的時候，爲什麼他要走呢？

對於趙燁的離開，每個人都有不同的看法，最奇怪的就是趙依依，她拍著趙燁的肩膀戲謔地笑道：「被我道破了你的秘密也不用羞於見我啊？不就是造個小人兒麼，怕什麼。」

對此趙燁從來都不解釋，跟趙依依這種滿腦子流氓思想的傢伙解釋，只會越描越黑。

如果真的做了什麼，趙燁或許還不至於鬱悶，可明明什麼都沒有做，這才是讓他痛苦的。最可憐的是，每天他都要去跟菁菁見面，而每次總是能神奇的遇到笑嘻嘻的趙依依。

這位無良的姐姐在跟趙燁打招呼的時候，總是能用眼神讓趙燁感覺她好像在說，我在看著你哦，造小人兒的傢伙，還不承認？

有好多次趙燁真的想製造個小人出來，免得趙依依總是嘲笑他，可再也沒有那夜的好機會了。

菁菁在那天以後也開始忙著各種事情，再加上她叔叔林軒也要離開，讓菁菁更加忙碌，趙燁一直沒找到好機會。

在寂寞難耐的夜晚，趙燁選擇去醫院度過，因此這段時間，他成了腫瘤科值班最多的人。腫瘤科的醫生都覺得趙燁是個好實習生，白天努力工作，晚上也不休息……

趙燁的確是個好醫生，每天晚上他都很努力，很用功地研究李中華給他的腫瘤資料，他一直沒有忘記自己實習醫生的身分。

雖說腫瘤病人，也就是人們常說的癌症患者的治療多少年來都是一成不變，可趙燁依然熱衷於研究這些至今沒有辦法治療的疾病。

易盛藥業一直沒有派研究團隊來長天大學附屬醫院，漫長的等待讓人心浮氣躁。李中華已經說服了院長龍瑞，事實上並不算說服，因爲龍瑞聽了李中華的建議後立刻就批准了。

每天李中華都在念叨，易盛藥業的研究團怎麼還不過來？同李中華相比，趙燁要淡定得多。他每天都在找事情做，並且過得很開心。腫瘤科不同於其他科室，除了每個禮拜有一兩台手術外，腫瘤科多數時間更像是內科。

只要腫瘤科有手術，趙燁都會想方設法進去，哪怕不讓他當第一助手，進去當第二助手哪怕是拉鉤也進去。（手術中用拉鉤牽引切開皮膚，保證手術視野，最枯燥無聊的工作）

趙燁不甘心只做一名普通的實習醫生，他抓住身邊的每一個機會，不厭其煩地向醫生們問各種各樣的問題，醫生們開始還微笑著解答，漸漸的他們發現趙燁的問題越來越難。最後他們不得不瞠目結舌地對趙燁說：「你這問題太深奧了，多半人都研究不到這個份上吧！」

最後趙燁只能自己解決這些問題，然後又不斷地提出新問題，每天冥思苦想，樂此不疲。

每天趙燁都跟著李中華進行全科室的大查房。他注意觀察每一個病人，記下他們的病情，甚至考量著等易盛藥業的藥物送來了，該先在哪位病人身上做研究。

如果是試驗其他藥物尋找自願者還是挺困難的，畢竟誰都不願意冒險，可腫瘤科的癌症病人卻不一樣。癌症本就是不治之症，說句不好聽的，得了這病就只能等死。病人們心裏也清楚，所以晚期病人多半直接回家，珍惜最後的美好時光。可是這不表示他們願意放棄治療，如果給他們一種藥物，免費的藥物，有一定機率可以控制癌症發展，恐怕沒有多少人會拒絕。

當然也會有許多人會害怕，害怕自己成爲醫院的小白鼠，害怕被當成實驗品。可這樣的人只是少數，這裏的病人多半都是李中華的老病人，來醫院進行化療不是一次兩次了。李中華這個人別的不說，在對待病人方面還是一絲不苟的，病人多半對他很是信任，在加上臨床用藥的對象都是癌症晚期了，讓李中華來說服他們並不困難。

每天趙燁都在關注哪些癌症病人適合用做臨床試驗，每天都在辛勤的做著病程記錄，每天他都在期盼著易盛藥業的研究團到來。

對於新的抗癌藥物沒有人比趙燁瞭解，哪些藥物即使達不到標準也多半有效。

日子一天天過去，易盛藥業跟長天大學附屬醫院簽完了合作意向書後卻沒了消息，轉眼快一個月了，趙燁的激情也被磨得差不多了。

李中華也著急，可他不好意思向趙燁開口，每天還是本分地做他科室主任應該做的工作。

病人們仍在忍受癌症的煎熬，每天靠著杜冷丁一類的藥物來止痛，活得十分辛苦。

查房的時候，病人那一雙雙祈求的眼睛讓趙燁心痛。趙燁撥通了李傑的電話，他知道易盛藥業抗癌藥物的實際負責人就是李傑。

電話很快接通了，趙燁聽到電話另一頭很吵，似乎在某個酒吧裏，變態大叔李傑的聲音一如既往的猥瑣。

「小子什麼事？要不要出來跟我一起玩玩？」

「別開玩笑了，易盛的研究團怎麼還沒過來，我這裏的病人都準備好進行臨床實驗了，他們在等著藥物。」趙燁沒好氣地說道。

「你準備好了麼？」

「準備好什麼？」

「當然是準備好下地獄，做醫生必須有『殺人』的決心，有時候必須使用粗暴的手段，用可能殺死病人的方法治療病人。藥物研究不過是小事，我們的手術才是最重要的！你準備好了麼？」

「手術？什麼手術比這個藥物研究還重要？」趙燁越發看不明白李傑的想法了。

「鄒舟的手術啊，難道你忘記了麼？我們要給她做手術！」李傑是典型的外科醫生，手術永遠放在首位，高過一切。

趙燁從來沒有忘記那個柔弱的大眼睛女孩，只是那手術難度太高，趙燁以前對那手術看得不夠透徹，那時還是初生牛犢天不怕地不怕的，現在知道得多了，對那手術卻有些擔心了。

「怎麼了，害怕了？」

「害怕？進步在於勇於挑戰，有膽子你現在就過來手術！」

「好啊，現在我心情不錯。你們十九床的病人是顱內星形細胞瘤患者，現在你去準備手術室，我們給他動手術。」

李傑完全是命令口氣，不容置疑。趙燁沒時間去想他怎麼會對醫院的事情瞭解得這麼清楚，又怎麼可能立刻到達長天大學附屬醫院，要知道從海市過來，就算是飛到這裏，也要一個半小時啊！

李傑平時說話可以不理。但在手術上在病人的治療上，從來沒有人敢忽略他的話。

趙燁很瞭解這位大叔，他跟趙燁在治病救人上有個共同點，就是從來不會拿病人開玩笑。於是趙燁乖乖去做十九床病人的工作，說服他立刻進手術室。

十九床的病人是位四十多歲的中年患者，屬於顱內腫瘤再次復發，第一次開顱取腫瘤時已花掉了他們原本就不多的積蓄。開顱手術本就是非常複雜非常昂貴的手術，而且復發的機率很大。

此時患者的家人已經對他的病絕望了，沉重的負擔讓他們無法承受。患者的妻子、兒女們能做的只有在床邊痛哭流涕。

患者因爲顱內腫瘤的壓迫全身癱瘓，並且伴有輕度失語。這些家人都可以忍受，可以照顧他。

可腫瘤讓患者精神發生了巨大的改變，脾氣變得異常暴躁，並且不記得自己的家人，對這些不離不棄的親人大發脾氣。

在趙燁提出手術時，他們猶豫起來，患者於他們無論如何都是親人，那份親情不容置疑，可是手術的費用太昂貴，他們無力承擔。

更害怕的是手術過後他是否能恢復如常，如果依舊癱瘓且脾氣暴躁，對於這個家庭來說是無法接受的。

趙燁看出了他們的憂慮，並沒有怪這些人薄情寡義，實際上這些親人能夠照顧患者這麼久已經非常不容易了。

他們爲了躺在床上的父親、丈夫背上了巨額債務，沒日沒夜地在這裏守護，忍受著他的

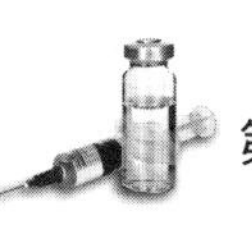

壞脾氣。

「放心，手術費用不收你們一分錢，包括後期的治療。我們開發了一種新藥物，可以抑制顱內腫瘤的復發，我有七成把握治好他。」

「另外治好了以後他或許不能恢復如初，但絕對不會是現在這個樣子，起碼他的性格會恢復，也不會再癱瘓了。你們不用懷疑，核磁共振的片子顯示得很清楚，他的腫瘤正好壓迫控制情緒與身體的區域……」

「這個，你們不會把他當成試驗品吧？」患者的妻子傾向於救丈夫的，她聽了趙燁的條件不由怦然心動。她摸著患者的臉龐，一臉擔心地說道。

患者的兒子是聰明人，雖說天上掉餡餅的事情不多，可不代表沒有。他知道就算是用他父親做試驗，醫生也不會花幾萬塊錢手術費拉著垂死的父親去手術室。而且醫院的手術室有監控錄影，如果真是用父親做試驗，他們完全可以控告醫院。

於是兒子一邊安慰著母親，一邊在手術同意書上簽下自己的名字，最後還不忘對趙燁說：「謝謝你醫生，我們會銘記你的大恩大德。」

趙燁笑了笑，所謂一字千金，眼前大概就是一種另類的詮釋了。趙燁跟他們說手術費用全免是不確切的，易盛藥業對這次研究投入有限，不可能對每個藥物實驗者都支助一筆手術費用，所以這錢多半要趙燁自己掏。

錢花多少他並不在乎，趙燁在乎的是錢花得是否值得，現在看來，花在眼前這個患者的身上，還是值得的。

搞定了患者還要去搞定醫院，理論上其他醫院的醫生，無論多麼有名氣多麼大牌，都不可以在其他醫院隨便手術。

這是國家規定的，當然李傑想要在長天大學附屬醫院手術也不是不行，但要辦理一下手續。趙燁覺得這個老師太不負責了，一通電話就讓自己來準備手術，這都半個小時過去了卻連個人影也沒見到。

這些還是小事，剛剛那患者如果由趙燁主刀進行手術的話，並沒有多大把握能將腫瘤清除乾淨，李中華更沒有把握，敢給這樣的患者做手術還非常有信心的，或許只有李傑這樣的醫生。

李中華聽說過李傑的大名，這個跟他同姓的醫生一直是他最崇拜的偶像。當他聽說李傑要來這裏進行手術的時候，李中華再也坐不住了，賴在趙燁身邊非要進手術室觀看，哪怕是當個第二助手，客串器械護士也願意。

這讓趙燁哭笑不得，只能點頭答應，並且把辦理合法手術程序的事情交給了李中華，畢

竟他更熟悉一些，辦事比趙燁強很多。

在手術室準備得差不多的時候，李傑來了，他不是一個人，在他的身後還有許多熟悉的面孔，都是易盛藥業海市總部的研究人員。

李傑這次不僅是來手術的，還帶來了抗癌藥物研究小組，那藥物在長天大學附屬醫院的臨床研究今日也算正式啓動了。

「走吧，別發呆了，去手術室，讓我看看你這一年來技術有沒有進步！」

「當然有進步！」趙燁沒好氣地道，接著他又問道：「你怎麼知道這個患者的？又是怎麼想到要給他做手術？」

「我當然知道，我們都來這裏玩了兩個禮拜了，如果連實驗基地的患者情況都不清楚，還怎麼混？另外，你不覺得他的情況跟鄒舟很像麼？只是他的手術比鄒舟簡單很多，用他做手術算是實戰演習吧。當然你也不能掉以輕心，要盡全力。」

李傑來到這個城市已經有兩個禮拜了，他並沒有直接出現在長天大學附屬醫院，而是帶著這些終日坐在研究所裏的研究人員吃喝玩樂了一番。

面對趙燁的質疑時，李傑只淡淡地回了一句，他們辛苦工作了這麼久，難道不應該有點福利麼？再說了藥物研究本來就急不得，急功近利的後果只會是失敗。

趙燁被他駁得啞口無言，跟著他一起進了手術室。這次李傑來得很突然，也很低調，所以這次趙燁特意提醒李中華不要準備觀摩手術室。

李中華自己可以進手術室當然不會管其他人，於是幫李傑安排了一間非常普通的手術，很封閉的那種，只留個窗戶能看到手術室裏面的情況。

醫聖李傑的大名在國內的醫療界可謂無人不知無人不曉，不可否認這個世界上有不少江海那樣並不比李傑差的隱士名醫，可李傑醫聖的名頭也不是隨便叫的，多數人都知道他不僅在醫德上讓人敬佩，在醫術上特別是外科手術的能力，更是穩坐國內的頭把交椅。

長天大學附屬醫院的醫生們幾乎清一色畢業於名校，其中碩士與博士的比例也不小，可他們現在就像追星族一樣湧向手術室。

因爲他們聽說了李傑的名字，在大學的時候老師講課時總會提到這個名字，那時李傑還很年輕，做事很高調，總是新聞不斷。李傑在這群醫生心目中的地位同比爾蓋茨在學電腦的心中的地位差不多。

偶像來了當然不能錯過，只是他們到了手術室的門口時卻失望了，手術地點並不是想像中的觀摩手術室，沒有開闊的落地窗，只有擠滿人的小窗子。

長天大學附屬醫院的院長龍瑞是個聰明人，他注意到了這台手術，李傑這個年紀比他略大的醫聖的傳說，自然也是如雷貫耳。

這台手術他也想觀看，所以在準備手術室時，他就吩咐將監控錄影的線路接到電視上，任何想看的醫生都能通過電視看到手術直播。

雖然這樣的直播不能清楚地看到手術的具體操作，可總比沒有看好，更比幾十個人擠在那個不到兩米寬的視窗看手術好。

龍瑞早就猜到了醫生們會跑到手術室看手術，擠在一堆實在不好看。如果是醫院自己的人也就算了，可李傑不是本院的，他身邊還帶著那麼多易盛藥業的抗癌藥物研究人員。

他可不想丟醫院的臉，於是他弄好了轉播後，就派人把圍觀的醫生驅散，讓他們都回到工作崗位上，在辦公室裏用電視看。

於是長天大學附屬醫院出現了這種情況，幾乎整個醫院都在觀看一個電視節目，電視螢幕上三個穿著墨綠色手術衣的人圍在一個包得嚴嚴實實的病人身邊……

許多患者都不懂爲什麼醫生喜歡看這種無聊的東西，也有聰明的患者明白這是手術直播，於是開始感歎，長天大學附屬醫院的醫生實在是太敬業了，平時娛樂都不忘學習看手術。因此他們對長天大學附屬醫院醫生的印象直線上升，再也不相信所謂的醫生不敬業的傳言了，起碼眼前的醫生很敬業。

在所有實習醫生中，趙燁上手術台的次數絕對排在第一位，而且比第二位不知道多了多少台手術，直接參與動手的手術更不用說。

上手術台對於趙燁來說跟家常便飯一樣的普通，可這次卻不同。第一次跟李傑上手術台讓趙燁有些緊張，好像靦腆的小孩子在父母的注視下害怕失誤那種緊張。

這種感覺在剛進入手術室時非常強烈，但是當他穿上手術衣、拿起手術器械時，緊張又不知不覺地消失了。

其實不僅趙燁緊張，手術室裏的麻醉師、護士都緊張，李傑的名頭誰沒聽過。在這樣的大師面前人人都害怕，要知道，這樣的手術即使是一個無關緊要的失誤，也會被無限放大。

一般的開顱手術兩個人就好，空間所限，病人的頭顱兩側站不了三個人，並且開顱時助手幫不上什麼忙，因此趙燁、李中華這兩個助手必定有一個地位尷尬，沒什麼事幹。

通過電視螢幕觀看直播的醫生們，都覺得那個進去廝混的，沒什麼事幹的絕對是趙燁，可所有人對趙燁能夠進入手術室廝混都非常羨慕。

「看，咱們李主任給人打下手還是第一次看到。不但主刀是醫聖李傑，連助手都是主任醫師。只是那個趙燁怎麼進去的，他運氣也太好了。」

「的確運氣好，趙依依趙主任手術的時候，他也總能跟著進去當助手，現在跟著李主任一起也能混進去看手術，哎，他一個實習醫生能看懂什麼啊。李傑的手術可是大師級的，沒一定水準根本看不懂……」

醫生們忿忿不平，這裏多數人都沒有見識過趙燁的實力，認爲趙燁進入手術室靠的是運氣，並且對趙燁的運氣感到由衷的羨慕。

可沒過多久他們就傻眼了，手術室裏身材略顯臃腫的李中華竟然打起了下手，站在患者頭顱兩側的竟然是醫聖李傑與實習醫生趙燁。多麼奇怪的組合，最頂尖的外科醫生、大師級的李傑與名不見經傳的實習醫生趙燁同台手術，更讓人看不懂的是李中華竟然甘願當第二助手，在一邊打雜，多數時間都無所事事……

李中華怎麼說都是教授職稱，而且還是長天大學附屬醫院這個擁有一千五百個床位的三甲醫院裏最強的外科醫生之一。

心裏陰暗的人多半覺得這裏有內情，趙燁救了副省長林軒的叔叔，自然得到賞識，而且還有很多人看到趙燁與菁菁在一起。

於是開始浮想聯翩，可是他們都忽略了一點，醫生或許在高官面前沒什麼地位，可高官在醫生眼裏也一樣沒什麼特殊的。

李傑這個等級的醫生不僅在醫術上高明，同樣他做人也有自己的原則，好歹他也是醫學領域的頂尖人物，有著自己的驕傲，別說一個副省長，就算是更大的領導，看不過眼也是不買賬的。

趙燁跟著李傑學習也有一段時間了，可他卻從來沒見過李傑手術，同台手術更是第一次。

李中華在手術室裏當第二助手，對此他毫無怨言，甚至有些興奮。以前他看過李傑的手術，那是頂尖大師級別的手術，比起他這種普通的主任醫生來說高了不是一個層次。

這次爲了能夠近距離觀看手術，他不惜來當助手。幹一些調整無影燈、傳遞手術器械、吸引多餘血液的小事。

李中華剛調整好無影燈，李傑就進了手術室，他一句話也不說，直接伸手接過護士傳遞過來的手術刀，開始切開皮膚。

李傑的手術不是每個外科醫生都有機會見識到的，柳葉刀落下的時候，大家都瞪著眼睛不放過每一個細節。

用一個詞來形容，那就是渾然天成，小小的柳葉刀在李傑的大手中不是那麼匹配，可他卻將這刀子用得格外靈活，看起來既矛盾又順理成章。不知道經過了多少次練習，普通人很

難有這種大氣的表現。

手術刀在一個精確的位置戛然而止，比機械定位還準確，然後輕輕地提起，觀者一起歎了一口氣。李傑用手術刀簡直可以稱爲一門藝術，柳葉刀劃過頭皮只留下一條紅線，那是因爲速度太快，血還來不及流出來。

趙燁算是徹底被師父這一刀折服，他做得最好的最有信心的就是玩手術刀，特別是皮膚切開。趙燁甚至覺得自己切皮膚的刀堪稱完美，可比起李傑還是有差距。

開顱手術的切口呈U字形，李傑的刀根本不曾停止，直接劃開皮膚，趙燁則跟在後面上止血夾，止血夾上了一半血液才流出來，很絢爛也很淒美。

李傑不抬頭更不說話，繼續下一步。他速度很快，趙燁作爲助手卻能跟上他的速度。

看監控錄影的醫生們多數已經閉上了嘴巴，李傑的手術太過震撼，僅僅是開頭就顯示出他的不凡，大師級的操作每一步都趨於完美。

切開頭部皮膚不過兩分鐘，掀開顱骨時手術才進行了一個小時左右。速度快不代表品質低，看看那個吸引器另一端連接的血液袋就知道了。

袋子裏只有底部有少量血液，說明整個手術過程出血量少得驚人！看一台手術是不是名醫主刀，最簡單的就是看刀口的長度，看出血量。

世界上沒有絕對安全的手術，總要在手術裏面對這樣或者那樣的風險。李傑手術的時候也很小心，畢竟是人的大腦，任何一個失誤都會要命的。

打開顱骨以後，趙燁這個助手才真正進入角色，他開始自己動手，而不是給李傑打下手。趙燁沒那麼多壓力，畢竟上面有主刀醫生李傑給他頂著，並且他對自己的技術也很有信心。

顱腦上被切開的方寸區域有四隻手在進行操作，趙燁這一舉動不知道有多少人羨慕，跟李傑同台手術已經是莫大的榮耀，是很多人的夢想。現在趙燁竟然在手術台上不分主次地與主刀醫生李傑平起平坐進行手術，更是多數人想都不敢想的。

特別是李中華這個第二助手眼巴巴地看著趙燁，羨慕完全寫在臉上。羨慕歸羨慕，在手術室裏的他可是清楚地看到了，趙燁的確有做助手的實力，換了自己上去，做得不一定有趙燁好。

趙燁這段時間在腫瘤科參加了多次手術，他手術技術好已經漸漸傳開了，這次又趕上全院大直播，人們驚訝地發現那傳言絲毫沒有誇張，趙燁的手術完全超出了想像，沒有人再把他當成實習醫生看。

李傑對趙燁的能力雖然沒說什麼，可內心還是很賞識的。當初他收趙燁當徒弟的原因是那次趙燁冒充教授進手術室完成手術，那次李傑就喜歡上了這個膽大心細的實習醫生。

打開顱骨後需要將腫瘤切除，這是患者的第二次手術，第一次手術除了切除了腫瘤外，還有部分腦組織被切除了。

CT與MRI片子上很直觀地表明了部分腦組織缺失，第二次手術雖然仍舊是顱內腫瘤切除，只是這次比第一次要困難得多。

首先，這次的腫瘤比第一次要大得多，而且牽扯的腦組織也多；其次位置相對上次來說更深，切除這樣的腫瘤非常困難。並且第一次切除了大部分腦組織對顱內的損傷很重，這次切除腫瘤要儘量保留大腦組織，又要將癌細胞切除乾淨，不但聽起來很矛盾，操作起來也很困難。

李中華自問這樣的手術他完成不了，可他對李傑卻十分有信心，醫聖的名號不是白叫的，他什麼手術不能做？

請續看《醫拯天下》之四　白色巨塔

醫拯天下 之三 頂尖聖手

作者：趙奪
發行人：陳曉林
出版所：風雲時代出版股份有限公司
地址：105台北市民生東路五段178號7樓之3
風雲書網：http://www.eastbooks.com.tw
官方部落格：http://eastbooks.pixnet.net/blog
Facebook：http://www.facebook.com/h7560949
信箱：h7560949@ms15.hinet.net
郵撥帳號：12043291
服務專線：(02)27560949
傳真專線：(02)27653799
執行主編：劉宇青
美術編輯：吳宗潔

法律顧問：永然法律事務所 李永然律師
北辰著作權事務所 蕭雄淋律師

版權授權：蔡雷平
初版日期：2015年1月
初版二刷：2015年1月20日
ISBN：978-986-352-108-2

總 經 銷：成信文化事業股份有限公司
地　　址：新北市新店區中正路四維巷二弄2號4樓
電　　話：(02)2219-2080

行政院新聞局局版台業字第3595號 營利事業統一編號22759935

定價：280元　　特惠價：199元

國家圖書館出版品預行編目資料

醫拯天下 / 趙奪著. -- 初版. -- 臺北市 : 風雲時代,
2014.11-冊 ;　公分

ISBN 978-986-352-108-2 (第3冊 : 平裝). --

857.7　　103020592